十万朵桂花

Shiwanduo Guihua

林 虹 著

黄河出版传媒集团
宁 夏 人 民 出 版 社

图书在版编目（CIP）数据

十万朵桂花 / 林虹著. — 银川 : 宁夏人民出版社, 2017.8

ISBN 978-7-227-06725-2

Ⅰ. ①十… Ⅱ. ①林… Ⅲ. ①诗集—中国—当代 Ⅳ. ①I227

中国版本图书馆CIP数据核字(2017)第210093号

十万朵桂花 **林 虹 著**

责任编辑 姚小云
封面设计 唐秋萍
责任印制 肖 艳

黄河出版传媒集团
宁夏人民出版社 出版发行

出 版 人 王杨宝
地 址 银川市北京东路139号出版大厦（750001）
网 址 http://www.nxpph.com http://www.yrpubm.com
网上书店 http://shop126547358.taobao.com http://www.hh-book.com
电子信箱 nxrmcbs@126.com renminshe@yrpubm.com
邮购电话 0951-5019391 5052104
经 销 全国新华书店
印刷装订 广州市德佳彩色印刷有限公司
印刷委托书号 (宁)0006131

开 本 880mm×1230mm 1/16
印 张 14 字 数 160千字
版 次 2017年11月第1版
印 次 2017年11月第1次印刷
书 号 ISBN 978-7-227-06725-2
定 价 36.00元

安静的光芒，在时间的河川之上闪烁

娜仁琪琪格

2013年的冬天，我在策划《诗歌风赏》编辑一卷《中国当代少数民族女诗人作品选》，在那段时间集中阅读了一些少数民族女诗人的作品，林虹和她的诗歌清晰、明亮地出现在我的眼前。作为一个编辑对一个作者的阅读不同于一般读者，编辑的阅读是带着欣赏与挑剔，而挑剔是走在前面的。读好作品如沐春风，清新、舒畅，凝视眼下，同时也看到了远方。林虹细腻、温婉、安静的笔触，将我带入一个宁静丰饶而又神秘的世界，像激越的暗流涌出地面，清澈、旖旎而又柔韧地向前奔流，成为山间的溪流，映现着两岸的事物，也映现着四季更迭、日月往复的天光。就在这一束又一束光中，林虹的诗歌闪动着大自然的气息，俊美、明亮，溢出欣喜与淡淡的忧伤。柔情的水，映现美丽的鸟儿，携带着高山与丛林的神秘、茂盛、灵动，且歌且舞，低首、回眸、凝思，顾盼生姿，千回百转。

“时光开始慢下来 / 此刻 / 它是我们的 / 一朵半开的花也慢下来 / 它安心地欢喜着 / 我们在童年的草地散步 / 声音平和，安详 / 从叶脉上缓缓下落 / 近处有山，山上有小小的野菊 / 我们看不见的，都在心里”（《此刻》）。在这样的语境里，阅读的思维开始缓慢下来，在她婉转的歌声中沉潜下来，被她带着走走、停停，侧耳聆听，细心辨识。也就在这恬静、缓慢的时光里跟着她经过了群山、丛林、河流，俯身轻抚含羞草、野菊花、三角梅、蟋蟀，举头看见了金黄明媚的向日葵和繁茂的桂花，就这样在不知不觉中和她一起到了她生活的贺州，她的出生地昭平县仙回瑶族乡，也抵达了她笔下的茅坪瑶族村，实现了瞬间万里之遥的游历。从

《风从茅坪吹过》一篇细腻、生动的随笔中，感受到了瑶乡的风土文化，被那桃花源般的生活所吸引。在读林虹的诗歌和随笔前，细端详了她的照片，身着瑶族服饰的女子，眼睛中蕴藉着温婉的光，那种含蓄与梦幻释放着一种魅力，那一刻我断定她有水灵灵的歌喉，曼妙的舞姿，身上携带着一切原乡的基因、密码、神秘的力与巨大的潜能，也就是说在她身体里居住着山川、湖泊、泉源、花草、鸟儿，只等待某一刻与宇宙、自然打通了，就打开了出口开始流淌、绽放、飞翔。

2014 年 4 月，《诗歌风赏》在中央民族大学举办了一场“中国当代少数民族女诗人作品朗诵会”，彼时林虹恰在鲁迅文学院作家高研班学习，邀请她来参加。当林虹出现在我眼前时，印证了我在文字与照片中的判断，她低眉婉转，很是灵秀。

一个优秀的诗人，定是带着胎记来到这个世界上，也就是说他们是带着使命而来的，是上苍选定的天使，被遣派到不同的地域，在那里出生、成长，吸纳宇宙万物赐予的一切生命的能量，又慢慢认识眼前的一切，把这些储存的记忆，沉潜入生命的库存。每个生命必要经历这样或那样的周折、跌宕、挣扎、对抗、和解；喜悦、忧伤、疼痛。敏感的神经向外打开，准确地接受来自外界的信息，这些外来的强大信息与内在的源泉相撞击、相融汇，而后要开口说话，不吐不快。久而久之，随着能量的不断聚集，成为了自然世界的代言人，替万物言说。而每位诗人必然带着原乡的记忆，那些记忆是种子，时时在生命中发芽、破土、开花，它们也是汪洋的河流，时时要冲出堤岸，汪洋恣意，这就是一首又首诗歌的诞生。林虹的身体里储存了故乡的山清水秀、瑶族人特有的生命能量与文化基因，她异禀的天赋，有力量转化为婉转的歌吟。

“松林安静极了 / 鹧鸪，山雀，长尾巴的蜥蜴 / 在大片斑驳的阴影中悄无声息 / 悄无声息的还有我们 / 那些在小路蔓延的隐秘 / 在一碰就低下头的含羞草里 / 暗暗呼吸”（《松林》）。林虹就是以这样细腻、温婉的笔触，赋予那些山林、草木、动物以人的形态、情感，在这样的情境中展开了一幅又一幅美妙的画面。一个好的诗人自然是一个好的画家，诗人不是用画笔、刮刀、纸墨、画布，而是用文字和精巧的心来描绘一幅又一幅画面，来雕刻永恒的时光。当然，林虹从来没停止在这简单的描摹上，更不是为写景而写景，在她的世界中，山从来不止是山，水从来不止是水，鸟儿不止是鸟儿，花草也不止是花草，这些已与她的生命血脉相连，融汇。正是这碰撞、交融的过程，生命中充满了喜悦与悲辛，疼痛与释然。“秋色渐渐淡去／淡去的还有这一日时光／这沉默的幸福／是那些野菊花，松尾草／是慢慢下沉的金嗓子茶／是我转身时的孤独／／很长时间了／它们像松林一样长在我心里／山风幽凉，松针落下的声音／击打着满地的松果／击打着渐渐隐退的忧伤／溪水却静默着”（《松林》）。恬静、温婉的笔锋，又自然漂亮地完成了料峭的一转，人物出现，而那前半部分成为一个铺陈的场景、晕染开的色调，是情绪的漫漶，是美的基调，让人如临其境，喜欢、爱怜，又久久不能释怀。这就是物我交融产生的激荡心灵的效果。与《松林》这首诗有着异曲同工之妙的还有《林子》《橘色的光》《屋顶的月光》等。

林虹是位辨识度很高的诗人，她说：“在我的意识里，我没有觉得自己是诗人，很奇怪，所以，我喜欢在诗歌之外，这让我对诗歌包含敬意和爱，淡淡的欢喜和爱着。”正是这种疏离，这满怀敬意的爱与淡淡的喜欢，使得她在这个信息开放，诗歌满天飞，一夜之间就如雨后春笋一样冒出的普天下是“诗人”的时代很好地保全了自己。写小说、写散文，戏剧却是自己本行的她，如同精通武学的十八般武艺，有足够的自信使自己独处世外，看着远方烽火狼烟，微抿双唇，轻轻一笑，用一曲笛音建构了“山河”。你看世界就是这么奇妙，那些天天在微信，在各种坛子中秀诗歌、秀才华的人，却一直未能找到自己。那些批量生产的“杰作”样貌太相似了，相似得自己都想不起血脉，谈不清传承。而林虹一直是清醒的，贯穿在她诗歌中的“静”与“慢”，是一种恬淡，优雅从容，这心性与状态是上天赋予的，更是在这个世界千锤百炼修炼出来的。

静、慢、美，贯穿在林虹的这本诗集中，除此还有一个重要的特点，就是舞台效果与戏剧性。在这里不妨来欣赏《在潇贺古道等一匹马》：

濂溪水不语
它知道很多秘密
正如一扇雕花的木窗
掩映着深澈的时光
秦时的马蹄声声
嗒嗒嗒嗒
蹄声如乐
从窗下飞奔而来
穿过这个叫福溪的瑶寨
穿过她的心里

她在此等候了千年
等一匹马
从黄昏的潇贺古道
飞奔而来
策马的人
披一身霞光
穿越湖南道县
进入富川朝东的岔山口
青石板、门楼戏台
溜的西，啦的咧
蝴的蝴，蝶的蝶
……
歌声处处

唯有她的好

她羞涩，低眉
在濂溪边浣纱
落日沉，箫声起
这样的时候
棉纱未干
米酒在马背摇晃
潇贺古道蜿蜒
过秀水，贺江，西江……
路途那么遥远
野菊，酢浆草，炊烟淡淡
我们走走，好吗
低头，抬眼，浅笑
都是你的好

在这首诗中林虹确实动用了她的十八般武艺，先是画面描绘出场景，烘托了舞台的效果，而后是时间的交错，强烈的空间感垂落于幕布，于是策马的人披一身霞光于另一个时空，从天际飞奔而来。接着就是戏台、就是歌唱，就是两情相悦、缱绻缠绵的无尽美好在潇贺古道，在山水间的逶迤风光之上，惊动了野菊、酢浆草，炊烟。你回头品味一下，那歌声原本是瑶族的民歌。也就是说在这首诗中林虹将绘画、民歌、舞台的戏剧性很好地交融在了一起。在此也充分体现了她诗歌的特点，女性的、民族的、日常生活的、个人情感的维度。此时呈现于我面前的这部诗集中的作品，除了写自然、生活，更多的都是情感。一个人从年少到青年到中年一直能把“爱”“思念”写下来是多么难得。那该是多么纯净的心灵！

柔美的事物，通常都有坚韧的品格，这是我阅读林虹的诗歌还要说到的，《钉子》中的隐喻所呈现出来的社会性，“钉子的命运就是钉子的本身”，是的“我不是这颗钉子就是另一颗钉子”，向往自由的钉子必须在钉子的位置上。然而，所有的一切都改变不了对美好的向往、对自由的追求，向日葵的昂首依然坚定不移，鸟儿的翅膀面对向往打开，这些就是入世的修炼与艺术的提取，于是我们看到安静的光芒，在时间的河川之上闪烁，十万朵桂花绽放低语。

目 录

第一辑　十万朵桂花

第二辑 南方以南

第三辑　说说一朵槐花的理想

第四辑 春天真好

第五辑 秋　伤

第六辑　我们各自面向所爱的事物

第一辑

十万朵桂花

如果没有月光
一年一次的相思
越来越淡
最先想起的那个人
她掐手沉默
噢，你听
十万朵桂花
在月光里低语

十万朵桂花

山河静
中秋月又明
这个圆月看了多年
渐渐归于平淡
从前它寄相思
仿佛十万朵桂花
一朵都不多
现在人闲桂花落

想要爱的
比如指尖轻轻划过
一朵黄昏的玫瑰
长于一生的一次相遇
或者月夜下牵手走走
然后就分别
山河静
静至心里

如果没有月光
一年一次的相思
越来越淡

最先想起的那个人

她掐手沉默

噢，你听

十万朵桂花

在月光里低语

2014.9　中秋之夜

春天的花开了十二年

万般念
不及与你牵手
市场上买一把芥蓝
看见春天的花
为你买一朵
看你皱纹里的笑
话语娇嗔，像鸟鸣
都是细微的琐事
从前，若知这是爱
倾听比永恒的寂静好

你带来鲜花、米酒和子女
庭院打扫干净
芒草摇曳了一年
它知道这寂寞和思念
知道你一个人去往市场
春天的花开了十二年
你一个人默默吃饭，散步
关注子女城市的天气预报
夜里的寂静
和山里一样漫长

2016.4　贺州

林　子

所有的树那么安静
默许蝉
日夜地歌唱
就像山风默许我
在林子里呼喊
一枚正在生长的盛夏之果
低下她高贵的头

没有谁知道
在这阳光充沛的林子里
我突然想起你
这么突然
让我猝不及防
像一片下坠的树叶
旋即，落到了地上

旋即，也消失了
被风吹向山谷或是水域
吹向那不知名的任何一处
这是我低低哭泣的原因
阳光那么好
我在想一个没有名字的人

2009.9　大桂山

台 词

是从一盏淡黄色的路灯开始的吧
那一刻是时光的转折
山风，芦苇，松树的清香
故事的铺叙充满了戏剧的隐喻
只是水雾太重
总在出场时忘记了台词和方向

从夜色的深处望去
不被心灵束缚的思想
为什么无法到达既定的目的
很多事刹那就成了时光的影子
“我的手感受到了幸福”
最后一句台词戛然而止
悟与不悟却已是千山万水

2005.5　松林峡

钉　子

我像一枚钉子
被钉在三楼的办公室
日光灯和电脑荧屏
像阳光普照
从上午到下午
之中散发的热量
将我生命的激情耗尽
总结、汇报、材料……
驱赶仅剩的一点幻想
我得俯首感激它们
带给我食物、稳妥
和老有所依

我试图转动钉子的方向
试图让它向着天空和大地
向着松树林和一只鸟的鸣唱
钉子沉默寡言
它已习惯语言的缺失
习惯被敲打被移来移去
我们彼此习惯
它知道

我不是这颗钉子就是另一颗钉子

钉子的命运就是钉子的本身

2013年　贺州

翅膀张开的声音

我说的白是一种向往
是一只飞翔在记忆之外的鸟
它在青石板的小巷漫步
回眸再回眸
就看见夏天的阳光了

这是不可思议的
阳光隐藏在老街的后院
在一朵未盛开的昙花之中
留下的印迹便成了回忆
无法倾诉的某个词
沉积在傍晚的等待中

从此再不能逃
阳光拉长了白色的影子
我听到风声从窗外轻盈而过
多像某个夜晚
翅膀张开的声音

2004.6　黄姚

松　林

松林安静极了
鹧鸪，山雀，长尾巴的蜥蜴
在大片斑驳的阴影中悄无声息
悄无声息的还有我们
那些在小路蔓延的隐秘
在一碰就低下头的含羞草里
暗暗呼吸

秋色渐渐淡去
淡去的还有这一日时光
这沉默的幸福
是那些野菊花，松尾草
是慢慢下沉的金嗓子茶
是我转身时的孤独

很长时间了
它们像松林一样长在我心里
山风幽凉，松针落下的声音
击打着满地的松果

击打着渐渐隐退的忧伤

溪水却静默着

2007.10　姑婆山

向日葵

向日葵　那金色的光
透着安静的暖
向着幸福或者不幸福
这绵长的昂首
坚定不移

有时我仰望它
像仰望一颗星球
你从不知道
日落后
那些低低的忧伤
如何在暮色中穿行

这等待多么茫然
那凉的风
摇摆它的意志
削夺丰盈的肢体
如此决绝

落下吧　落下吧
早该离去的

就等这秋色将就

那金黄　那饱满

那曾经来过的

2005年　我家院子

最好是这样

最好是这样
彼此相望
就能会心一笑
就能知道今生要不要一起走
那样会省去很多错误
最好的时光
一点遗憾也没有

我们有一块小小的菜地
从院子里走出
鸟儿飞起又落下
它们总是这么淘气
向日葵开花了
它是你我的秘密
南瓜虫停在你的发上
又停在我的肩上
一路嬉戏

今天
我们要把南瓜花摘回去
放在餐桌的玻璃杯里

或者把它做成酿
水豆腐，肉末，香菇，葱
一室飘香
再加去年做的木瓜酱
黄昏已至
山楂酒一两杯
不要太多
只要你在就好

如果不得不分开
你总是途中最温暖的回忆
低头浅笑
恨时光漫长
想象任何景物是你
掠影而过的树
拂过面颊的风
有些时候
我们是彼此

2006年　我家的南瓜花开了

暮色渐暖

我在远离你的异乡
看着辽阔的蓝
渐渐变暖
并在光影中缓缓抵达

被拉长的影子
有很多迷人的梦幻
一些和田野的蟋蟀有关
一些和丛林的溪流有关
一些和山雀的鸣叫有关
一些和故乡的阳光有关

一些和你有关

我想要的那一种光
就是这样的
在回望中
不仅是春天开放的酢浆草
还是
我对你的想念

泾渭分明

又模糊不清

2009.4　回贺州途中

一只陶的独白

你怎么可以看到我的内心？
那些隐藏在紫红陶土的
是东泥？还是西泥？
是你无法分清的缠绕
看了千年想了千年
甚至在你掌心里辗转百次

柔软的风开始旁敲侧击
一把铮亮的刀
一点点认真地拷问
所到之处我保持沉默
你说爱，说起春天的一株桃花
说起一只飞翔的红嘴鸟
说起夜色中一波三涌的海水
说起恋爱的白海豚如何忠贞……

我始终微笑着
最后你不得不把我交付给火
你相信火会让我妥协
你帮我选择春暖或者夏绿

秋红或者冬寒[①]
你相信任何一个季节的灵气
都能让我打开记忆

而最终让我说出的
是温热的水
水之上那渐渐沉落的秋茶
它说涩，它又说甜
它说我是你的前生

2007.4　在钦州参观坭兴陶

①制好的陶进陶窖时，根据四季的变换而呈现的色彩也不同。

屋顶的月光

几杯杨梅酒之后
我们躺在院子的竹椅上
谈论一天的收成
或者午睡后看的一本书
一个微妙的感觉
彼此突然的感悟……
我们总有说不完的话题

那时
山风微凉
松木的味道让人陶醉
露水也还未开始降落
素白的月光将院子照亮
你抚着我的头
一下一下，轻轻的
轻轻的

或者什么都不说
秋虫呢喃，那么细微
我们听得一清二楚
屋顶的月光

正撒在阁楼上
这么安静，这么好
可以这么的靠近你

2009.10　贺州

此　刻

时光开始慢下来
此刻
它是我们的
一朵半开的花也慢下来
它安心地欢喜着
我们在童年的草地散步
声音平和，安详
从叶脉上缓缓下落
近处有山，山上有小小的野菊
我们看不见的，都在心里
我们不说的，彼此懂得
旧日子在静静地讲述中
发出温暖的光芒
之间有些低低的忧伤
我伸出右手安抚着
嗯，感激那过去的

2009.4　贺州

我相信你所说的

我聆听你的呼吸
清晨，午后或者黄昏
当我从原野散步归来
我无法和你说出
那些深紫的光影来自哪里
阳光，沟壑，群山？
原野上漫无边际的风？
起伏不定的草色？
还是我忧伤的心里？

你一定不知道
羊群一次次从我身边走过
和我的梦想多么接近
我聆听你的呼吸
当你说出
仿佛这不是真的
为了要获取阳光的温度
原野低下它的腰
为此
我相信你所说的

2009年　看到一幅图

第一次经过你的小城

第一次经过你的小城
青山绿水，似曾相识
车水马龙，结庐人境
世间的一切承转
不在南山，也不在尘外
我有淡淡的遗憾
只是未说
你说起东宁北路
说起桂江边的睡佛
说起松林峡的风
说起黄姚的青石板小巷……
你说的时候
我看见山上有很多新茶
一片一片
我想象你是其中之一
安静，内敛，沉默
有小小的忧伤和幸福

2011.3.21　诗友出题而作　昭平小城

闲下来的一天

闲下来的一天
我想在院子走走
摘一颗熟透的青梅
让阳光把它晒干
它是院子的记忆之一
一只蟋蟀曾在树下唱歌
我录下了它的歌声
那时，正下着一场细雨
我在想念南方
之中有你，一闪而过
像一枚落下的果实
啪
落下和忘记的速度
是一样的

2014.7.6　鲁院

时光的痕迹

一

日子慢得看不见黑夜
鸽子在瓦背上打着盹
我被落下的树叶击中
那么疼，向南的街道
有人悠闲地唱着歌

再远些，时光的转角处
啤酒，篝火，清凉的雨
背景的深处是大片的空白
黑夜的黑让真实的变成梦幻

二

你在对面
被无数的声音包围
那些羊齿状的嫩草
把春天嚼得津津有味
这个夜晚
注定是忧伤的开始

三

最先浮现的是一枚硬币
它的决定
改变了这个春天的忧伤

据说它的转向是蛊惑的力量
比一朵花开的快乐要久
你看，夏天又来了

有时沉默比安静还静
我就想逃离
最终的回归是对记忆的妥协

一滴泪穿过黑夜的时间
你无法想象
月光在上面走来走去

2005.5　昭平

槐花是否落了

槐花是否落了
你爱的
惦记的
沉默的
纠结的
清晨五点或更早
你想忘的
醒来了

早些时候
慢下来的火车
带你回到了南方
途中
你看见一朵黄玫瑰
镜中的你羞涩、绯红着脸
想要开成它的样子
想要
被一阵温柔的风带走

这些年来
你像一朵花苞

层层紧裹

槐花是否落了

你曾在树下仰望

不知仰望什么

它却在心里欢喜、雀跃

你不得不紧紧地按住

紧紧地

2014.9.9　贺州

像晚祷，像一朵莲盛开

沿着向晚的街道
从一阵雨开始
从一朵黄玫瑰开始
一支烟淡淡地燃着
和暮色多么接近
从窗口看去
每一座山是一个童话
圣洁、清澈

这个时候
需要一杯水
将涌进的暮色浇湿
或者一扇打开的门
微弱的声音传出
像晚祷，像一朵莲盛开
你听不见的
我们的内心
响着不同的声音

2014. 6. 18

日常生活

一

我必须坦白
必须在阳光下说出我的秘密
这多么需要勇气
我拣着西洋菜的白色根须
抖落潮湿的泥土
它们来自于水
一些蜻蜓曾落在上面休息
这一片还是那一片
它们保持沉默
任由我的旁敲侧击
斩根断须

二

这个午后
我拿着篮子去摘木瓜
木瓜沉甸甸地挂在树上
十个，二十个，三十个，四十个
甚至更多

这种植物的繁殖能力让人感叹
它们密密匝匝地挨着
我拧下一个
咔嚓白色的浆涌出
浓浓的，冒着清静的气丝
那些黏黏的泪滴答滴答地流着
让我措手不及
那一瞬间我听到
自己内心滑落的声音
尖锐的疼痛如这白色的液体
重重将我覆盖

三

那朵开着的玫瑰嘲笑我
她一辈子在一个地方也很幸福
接受现实，和泥土相爱
妥协于自然的一切
而我必须低下头
才能看清她
才能闻到她的清香

四

清晨
我坐在阳台数院子里的鸟
一只，两只，三只……
它们在我的视线里跳来跳去
地上很干净，有微湿的露水
和昨晚还在沉睡的月光

它们踩在上面，叽叽喳喳的
那些月光疼吗
那些露水是谁的眼泪
那些鸟为什么那么高兴

它们飞起又落下
把我的目光啄了又啄
像啄院子里那棵饱满的向日葵

2005.6　昭平林园

今夜的火车开往湛江

这个时候
风渐渐慢了下来
手中的咖啡慢了下来
沿途的黑暗也慢了下来
今夜的火车开往湛江
你说，那海边的春天
有什么呢
人至中年，我懒得想象
也不期待
我有我的安心之处
我的山河田园

其实
我的湛江在途中
在任何一处
那些掠影而过的风景
我曾想象是你
但今夜不是
今夜它是我一个人的
过原野，山川……

思绪宁静，心无旁骛

今夜，我不关心湛江有多远

2011.3.27　朋友去湛江，我未去，想象而作

暮 春

从微湿的暮春醒来
看见三角梅、石榴花、酢浆草
看见平常的事物
看见慢下来的水滴
也看见遥远的你
多好啊
我的小心愿
我的小想念
从前，我总是忽视它们
按捺它们，疏离它们
深远而隐秘
任由难以叙及的不宁
辗转地隐匿，消逝
又辗转地返回，隐匿
今天，我想和你说说
这依旧欢喜的小心愿
这慢慢淡下来的小想念
多么好啊
这和青草一样柔软的时光

2011.5.3 家里的花开了

九点或十点

上午九点
葵花向着太阳
我向着你
你呢
你向着哪
向着哪都不重要了
蝉附在葵花秆上
一片叶子落下
向着大地

上午十点
一只鸟在院子跳来跳去
打开你的书
灰色和白色的安静
那么暖
阳光一样飘下来
落到时间就停止了
这一刻是真实的
你的朝向

终于比葵花

要久

2005年　昭平

我要看到那些光亮起来

再次写下
松林
这唯一让我平静的

草地上的蟋蟀
在复述一只绿孔雀的叫声
你听得到

敲打去年的松果
它们微笑着
不躲闪，不说疼

我们沉默
时间在一旁偷笑
我要看到那些光亮起来

2007.9　贺州姑婆山

时光慢

时光慢
慢至停止
这是我想的
那样
白发的生长慢下来
肌肉的萎缩慢下来
牙齿的脱落慢下来
所有衰老的都慢下来
嗯，像现在
我和父母慢悠悠地散步
沿着桂江边
暮色淡淡的
无法渗透这些慢
嗯，真好
慢下来的时光
父母就不用想着百年后的事
谈论谁先去的问题
如何做清明
虽然他们说的时候
平静，目光宁和

可是我心里的疼痛
是个巨大的黑洞

2014.10　在昭平，和父母散步。

春 茶

先是苦苦的涩
然后是微微的甘
是一杯热水
思念才缓缓释放
旋转，沉落
生命的第一次起舞
温暖甜蜜
滑过脸庞的泪
你能读懂
如果不曾相遇
也只是小小的春茶
从来的地方来
往去的地方去
而今
我们一起沉入水底
看生命在交互中
永恒

2005.4　昭平

第二辑

南方以南

经过山冈时采一把野菊吧
如果可以
请把最美的一朵插在我的发上
南方以南
十月的雨水少而甜蜜

南方以南

南方以南
有大片的野菊花
清晨的露水还没干透
便听到风声在田野里穿过
这些记忆是真实的
至今我还能从野菊花里听到
年少的欢乐和青春的诗歌

不仅如此
还有青涩的爱情
在某个秋天悄悄来过
这个季节便成了途中的风景
每个清晨将宽大的帘幔拉开
等待温暖的阳光撒进

经过山冈时采一把野菊吧
如果可以
请把最美的一朵插在我的发上
南方以南
十月的雨水少而甜蜜

2005.10　昭平林园

在潇贺古道等一匹马

濂溪水不语
它知道很多秘密
正如一扇雕花的木窗
掩映着深澈的时光
秦时的马蹄声声
嗒嗒嗒嗒
蹄声如乐
从窗下飞奔而来
穿过这个叫福溪的瑶寨
穿过她的心里

她在此等候了千年
等一匹马
从黄昏的潇贺古道
飞奔而来
策马的人
披一身霞光
穿越湖南道县
进入富川朝东的岔山口
青石板、门楼戏台
溜的西，啦的咧

蝴的蝴，蝶的蝶
……
歌声处处
唯有她的好

她羞涩，低眉
在濂溪边浣纱
落日沉，箫声起
这样的时候
棉纱未干
米酒在马背摇晃
潇贺古道蜿蜒
过秀水，贺江，西江……
路途那么遥远
野菊，酢浆草，炊烟淡淡
我们走走，好吗
低头，抬眼，浅笑
都是你的好

2015.9　贺州富川福溪

在花山（组诗）

我们只爱当下的彼此

留下来，好吗
我们就在花山隐居了
在大坪，在瑶寨
不看时间
随日月起居
我们养几箱蜂吧
在屋后的桫椤树下
满山的花一茬一茬地开着
鸭脚木，野坝子，金银花……
它们和我一样
不知时光的流逝
而山村的黄昏来得那么早
白月亮挂在天上了
夜里那么凉
你在打一锅油茶
黄姜、蒜米和春茶
炉火边打盹
你不说爱我老去的容颜

我也不看你的华发
我们只爱当下的彼此

2015.9　钟山花山

夜酿米酒

闲下来的时光
我们酿一坛米酒
用花山的水花山的米
月光那么白那么素那么静
听得见屋后
风吹桫椤叶的声音
你把煮好的米饭散开
我在炉前看火
酿一坛酒的时光
我们可以谈谈
地里长势良好的黄姜
屋后的新茶可以采摘了
山楂果结得那么多
我们拿到镇上去卖吧

嗯，走路去

从这个叫大坪的瑶寨

山路十八湾又十八湾

我不介意山长水远

只要

和你一起

2015.9　钟山花山

从渡槽下经过

抬眼可见的渡槽

流的是花山水库的水

我们每日从渡槽下经过

像经过的山居岁月

平淡而朴实

我是什么时候爱上

这样的日子的

爱上门前的向日葵

和兰花

爱上田地里的黄姜

和冬天的蜂蜜
爱上暖暖的油茶
和夜里长长的寂静
爱上回家的路
是满眼的苍翠和山花烂漫
爱上山中花岗岩的沉默和力量
……
我因为爱上它们
而爱上我们老去的容颜
爱上庸常的人生
和生活的五味杂陈

2015.9　钟山花山

哈　扎[1]

哈扎
喝下这杯将军峰银杉
我们就策马而行了
瑶绣摇，银耳环珮响
出茅坪，过仙回
山路弯，崖下有船行
桂花在江边
我们就此歇歇吧
啦呀依呀……
母亲的山歌在心里
将军，哈扎
风从茅坪吹来了
披上我做的黑布衣吧
针脚里的密语
和我一样沉默着
将军，哈扎
喝下这杯将军峰银杉
从此
故乡在路上了

①哈扎：瑶语，喝茶。

取一壶桂江水

我们就此而别吧

不说后会有期

也不说再见

2016.2.16　贺州

积　雪

山上的积雪一定很深了
深到呼吸都被覆盖
我们走过的那条小路
山楸是白色的吧
那干枯的松草
应该变成美丽的冰挂了
还在枝头的浆果
像琥珀一样晶莹了吧

在南方
这些雪是多么稀奇啊
我无法想象
沿着山道下滑的快乐
上一次看到的雪
是十六年前吧
现在
我的头发已有几根像雪的颜色了

真是神奇啊
这是你心灵的秘密使者吗？
呵

我看见雪雾下的大地
大地之上正慢慢返回的
温暖目光

2008.2.1 贺州

回南天

回南天
很多不愿显现的东西
正一点点潮湿
并且肆无忌惮地发霉
你无能为力
俯首低眉
在日渐一日的湿气里
接受一些隐藏的真相
它是唯一让你无处躲藏的

2008.4　贺州

和你说起桃花

我和晨曦一起光临
这隐秘的盛开
这桃花
和你说起
就静静地开了
去年干枯的落果
和早行的蚂蚁
我小心翼翼地避开
那只蓝色的甲壳虫
它要去往哪里
我的桃花
你在想念谁
南风又过
带来春天的喜悦
红嘴鸟
一定知道了我的秘密
但它们秘而不宣
对此
我俯首感激

2009.3 贺州

梅花冲

秋天又来了
你和我在地里收割玉米
透明的阳光
把我们晒得日益健康
在梅花冲
我们有一间松木做的房子
一大片稻田
几垄菜地
竹篱笆围成的院子
几只鸡和一条狗
宁静的月光
溪水清澈
屋后有山
山上有板栗，山梨，野葡萄……
浆果熟透四处跌落
竹鸡在林间嬉戏
斑鸠雀跃枝头……
在梅花冲
我们一起慢慢老去

2009.9　土瑶梅花冲，想象一种生活

一个人的旅途

在南方
我已习惯了潮湿、阴冷
灰蒙的天色
习惯周边嘈杂的声音
人们害怕寂寞
总以声音的大小
证明自己的存在

暮色渐渐暗下
有人急躁不安，晃来晃去
我能越过他们
看到百里之外的山花
此刻，它们一簇一簇
开满鹿寨的黄昏
我听到山雀的欢叫
喏，就在那些走来走去的人肩上

我安静地坐在一张木凳子上
伸手去接檐下的雨滴
耐心地等一辆车的出发
我知道

多漫长的旅途

它的终点

都是一个人到达

2009.3.1　回贺州途中

新都桥的树

那些光和影的缠绵
比伸向天空的枝丫要幸福
向着大地，它们感觉温暖
这是妥帖的
就像我的生活
在低处，没有飞翔的力量
但行走着
步履坚定

其实我看到的
不过是现实的表面
如果和天空接近
在高处
也并非不胜寒
高和低
对于新都桥的树是矫情的
它关心的是
今天谁从树下走过

2006.3

在黄姚想象爱情

只是轻轻地回眸
苍翠的绿就将彼此淹没
谁的足音惊醒了斑驳的门窗
阳光轻轻掠过老街的正午

不过是两朵陌生的云
落到小巷就成了一道风景
往远的更远
是明清的风在吹
雕花的飞檐刻着邻家女子的情怀
我想象的爱情从门前悄悄走过

沁入肌肤的凉将心尘逐一洗净
涉水而过
无意碰触的暖正层层漾开
亲爱的，还要走多久
才能到达心灵的彼岸

2005年　黄姚

鸢尾花开

此刻
阳光照亮了阴霾的天空
积雪初化，一只红嘴鸟
开始阅读遥远的回忆
这时候是春天
幸福已如清泉下注

走吧
到一个鸢尾花开的地方
那些洁净的颜色
会将疲倦拂去
花满枝丫
多像年少的青葱岁月
多像慢慢开始成长的爱情

溪水，草叶，飞翔的鸽子
心灵无法审视的思念
在轻轻呼唤
藏在心里的忧伤
终会在露水微湿的清晨

或一场夜雨中
渐渐消失

2004.4 看凡·高的《鸢尾花》

崩　塘

关于崩塘
我很少想起什么
有时是忽略的
它只存在我的记忆里
收割后的田野
蹦跳的蚱蜢
阳光有蜜糖的味道
屋后有糖梨子，野山楂
古书河流过我的家门口
我母亲曾在岸边劳作
北磨遥遥相望
我父亲曾在那教书

我以为
有些事有些人会一直存在的
而我忘记了时间
它会偷走一切
像某年
它偷走我的大舅
像昨天
它又偷走我的满舅

把他们藏在泥土深处

让他们成为崩塘的一部分

2007　满舅走了

想念一场雪

清晨
我听到雪落的声音
在一片静寂的空白中
这场雪下了很久吧
也许只是落下
落入我们空间的东西很多
每天不同或重复
所以这些雪
落下就落下了
没落下的也将消失
刚开始
我是多么惶惑和忧伤
这场雪等了那么久
只听到了清冷的声音
像掠过的风
像你曾说过的

2005年

橘色的光

河床向北延伸着
一望无际
那匹棕色的马
停在冰凉的沙砾上
它眸子里的清澈
将黄昏最后一抹橘色收拢
在风盘旋的上空
它看见
橘色的光打开了暗下来的一切
老虎尾，童菜花，红背菜……
那潮湿的南方
一个叫林的女子
在院子里切着木瓜丝
她偶尔望望向日葵
偶尔看一只爬行的蚂蚁
偶尔停下
看一匹在云端奔跑的棕色之马

2005年

黄姚（组诗）

郭家大院

倚在她的肩
来不及做一个梦
那平滑的青绸长裙
只轻轻舞动了一下水袖
我就酣然地醉了

就忘了秋天的到来
那些凉怎能抵挡这些温润
我帮她打开圆形的拱门
推开雕花的木窗
阳光涌进来
洗去她千年的沧桑和疲倦

一如既往
她把一种黑色的豆
蒸到记忆熟透
再腌成下菜的佐料
她知道等待就是这些豆豉
需要不时地翻晒

还需要时间

我也等在那里
等我喜欢的人骑着马
嗒嗒地从圆形的拱门走过
风，你一定要牵住他的马
我不想象她在此等了千年

且坐契茶

来
盘腿而坐
石凳承载的无关风月
我只要此时的安静
泡一壶清茶
打发渐渐远去的时光
水声瑟瑟也如空
更何况这静寂的亭台

有风从桥面吹过
如此匆忙

这茶就慢慢地凉了
随手扔一颗石子
咚地惊起一只打瞌睡的鸟
我掩着半卷诗集还在发呆
夕阳就下到山那边了

石板街

从老街走过
在青石板拣起一句诗
这明清时期遗落的
有太多的安静
等着了悟

我打算从雕花的那个夏天
开始阅读
九宫八卦的玄机
总让人迷路
千年来如此
现在仍是如此

轻轻踏入
时间是轻的，记忆是重的
连秋风也不能拂去
这华丽的忧伤
我又怎能收拾这无边的静寂

听
嗒嗒，嗒嗒
这清空的声音
在青石板的清中
在净和尘的佛台之上
在尘世之外
轻轻转身
我也在时间之外了

仙人古井

这相思
怎是清泉可以解渴
夜半人静时
仙女就赤脚而来

她知道这古井
有太多的情思无法抽干

她等候他的出现
这一约便是千年
青丝白了又黑
泉水仍是那泉水呀
只是凉彻肌肤

喝了千年渴了千年
他终是没有出现
啪，仙女落下最后的眼泪
开成了五朵忧伤的花

守望楼

这雨
要下到什么时候
楼外的石板路
马蹄声渐近又渐远
天涯路都望尽了

还是杳无音信

墙外的草长了一茬又一茬
眼望花了
一抹就是满脸的泪
那把油纸伞
至今还撑着
这唯一相见的信物

夫妻榕

没有任何寄生的东西
在它们之间生长
去看的人烧一炷香
爱情就像它们一样忠贞
你看，一千年了
它们仍是执子之手
没有半点疲倦的相厌

如此永恒
在人间已是痴

咔嚓拍下它们的爱情
拍下它们深情的眼神
真好
又去看风景了
而它们看了千年
还是彼此

2005.8.17　黄姚

在侗寨（组诗）

想起一座叫程阳的风雨桥

最先想起的
总是最深切的
比如一座桥
一座叫程阳的风雨桥
我想起的
首先是一场春雨
桥下的林溪河
油菜花和萝卜花
《十二月情歌》和琵琶
飘香的油茶和糯米
吊脚的木楼和高耸的鼓楼
摘紫云英的侗族少女
这是去桥上的风景
正因如此
我才深刻地记住了
这座叫程阳的风雨桥

记住了它木头的味道
这1912年就有的味道

藏在时间深处

它们在白色的飞檐里

在灰色的瓦片里

在梁上的刻画里

在沧桑的桥板里

在斑驳的栏杆上

在侗家人的心里

从此，世间的风雨再大

它都可以庇护

从此，经过它时

慢下的脚步

可以看得更远

从此，奔跑的心

慢慢回到它最初的安静

只是你从不知道

它在默默地等候什么

它的心思

在油菜花里

开了 茬又一茬

在林溪河里

拐了一个弯又一个弯
那在桥上看风景的人
贴着木头的柱子
最先想起的
总是最深切的
只是我从不说出
而这个春天
我却说出
对一座桥的想念

2015.3.15　在三江平坦屯侗寨体验生活

春天年年来啊

她们是春天的风景
黑衣黑裤黑帽
黑色是她们美丽的符号
她们闲适地
在鼓楼前的木凳上
下一盘石头棋
随手拾捡的小石头

被她们握在掌心
作为进攻的武器
几颗小石头
是她们的快乐
牙齿脱了，头发白了
背弯了，耳背了
可是
桂花树长得那么好啊
谁说的
一棵树一定要开花
才能看到春天

她们的春天虽然已过
眼里的春天就是每一天
就是她们眼角的笑
就是她们每天经过的
路旁坟墓边的李子树
春天年年来啊
李花年年开啊
从前和她们一起看花的人
一起下棋的人

一起晒太阳的人
在土地深处睡着了
那条路又远又近啊
总有鸟儿飞起又落下
不急
慢慢走

2015.4　在三江平坦屯侗寨体验生活

摘紫云英的女孩

我曾想象
那个穿红衣服的女孩
是我
羞涩，安静，有点淡淡的感伤
她不理会陌生人的目光
弯下腰
摘紫云英
一朵两朵三朵
她的心满是花朵
世界就是这些好看的花朵

世界就是她摘紫云英的欢喜

她还不知道

弯腰

是一种人生哲学

像我从前

弯的腰多了

就知道跟生活和解

弯的腰多了

就知道收藏自己的忧伤

弯的腰多了

就知道挺直的风骨和高贵

2015.3.19　在三江平坦屯侗寨体验生活

在平坦屯听《三姑记》

越往后的岁月越薄

薄凉和少

这只是我的个人感伤

然而有光和火焰

有人间的烟火

从木房的窗里飘出
还有悠扬的侗戏
在清脆的琵琶声里
诉说一场爱情
或是俗世里的温暖

当我推门而入
我看见这温馨的场景
火塘边
一群老人安静地坐着
听一曲《三姑记》
黑色的布衣和帽子
深陷的皱纹和脱落的牙齿
浸满木柴的烟火
他们朝我微笑
安详，温和

有风从木窗吹进来
灰烬飘起又落下
落到黑衣上
他们不言不语

侗戏里唱歌的男人和女人
是否是三姑和三姑丈
他们无法和我说出
他们说出的
只是和我微笑
和我一起静静地听一曲
《三姑记》

他们和我说出的
是眼神里的从容和稳妥
是火映照的光和暖
是笑容里散发的安逸和富足
是他们轻轻拍落灰烬的
坦然和静默
是他们望着木窗外
平坦屯热闹的春天
是春天里
他们从前的青春和爱

2015. 3. 15　在三江平坦屯侗寨体验生活

采茶女的花朵

云在半山
雾在半山
茶叶在半山
我看见采茶的女人
默默地摘着茶叶
一芽一叶
这是她熟悉的
熟悉的
还有身后的木楼
木楼上晾挂的芥菜
被晒足了阳光的腊肉
飘出的木柴烟味
她的男人用石头垒着围墙
她的孩子在课堂上读书
一只狗懒懒地趴在家门口
一只鸡在召唤另一群鸡
门前
李子花开得素白素白
朴素，清淡，拥挤

就像她的日子
就像她默默摘茶时
心里蓦然长出的花朵

2015.3.17　在三江平坦屯侗寨体验生活

一条酸鱼的爱情

一把盐让它的青春
停留在十年前的下午
它记得门前的鼓楼
百家宴，芦笙，琵琶
侗家的米酒、油茶
屋后的桃花，李子花
敲锣人的声音
补锅匠的敲打声
唱侗歌的那个女人
眉毛清气有神
她的手灵巧地将它
放入一个瓦坛里
这是它命运的一种

作为林溪河的一条鱼
它知道相见欢
也知道长别离
更知道河流的旋涡和流向

它坦然接受不同的命运
坦然地听一曲侗歌
《十二月情歌》呀
让它流过的泪
浸湿十年的岁月
当记忆再次被打开
酸和咸，咸和酸
它曾低低哭泣
滚烫的炭火开始拷问
它的泪水早已和那把盐
互为一体
侗歌依旧呀呀流传
林溪水依旧静静流淌
那条它曾爱过的花尾鱼
去了哪里
那个女人发福了，有了白发

它和解了生活的怨和悲伤
它羞涩地向火说出了
它的爱和想念

2015.3.17　在三江平坦屯侗寨体验生活

十二月情歌①

只要你在
十二月的每一天
都是好的
你的手拨动着琵琶
就如同拨动我的心弦
一下一下
欢快又忧伤
歌声让我感动
从一月唱到十二月
从一块手帕唱到火炉
从一个眼神唱到想念

①《十二月情歌》是一首侗族歌曲。

从一只袜子唱到一只皮箱
……
生活里的烟火
每一样都具体到物件
这样的爱情才是稳妥的
你若不离我便不弃
一月和你回家过年
二月我们围炉暖酒
三月上山采茶
四月耕田播种
五月看禾苗青青
六月去吃百家宴
七月稻谷金黄
八月门前的桂花开了
九月收棉花
十月孩子出生了
十一月满满的，全是孩子
十二月储存冬天的食物
四季又开始轮回
只要你在

十二个月都是幸福的

只要你在

十二个月便是一生

2015.3.18　在三江平坦屯侗寨体验生活

仰望鼓楼

敲锣人走得很慢

咍，三声之后

拉开嗓子高喊

那是防火的警示

黄昏和清晨

他迈着蹒跚的步子

穿越侗寨的家家户户

此刻

他在鼓楼停下

仰望

听一只鸟的叫声

那只鸟站在鼓楼的飞檐上

他看见飞檐四周的刻画

那是他们日常生活的场景
抢花炮、踩歌堂、斗鸡、斗鸟……
他年轻时都一一做过
年轻真好啊
他仰望着
这些坚固的杉木
支撑起侗家人的信仰
这是他们祭祀的地方
这是他们遮风避雨的地方
他仰望着
即使没有这只鸟
他也会在心里
在任何地方
仰望着

2015.3.16　在三江平坦屯侗寨体验生活

第三辑

说说一朵槐花的理想

我们可以在槐树下漫步
说说一朵槐花的理想
说说未来或者现在

说说一朵槐花的理想

这是最后的告别
这是一树一树槐花的落下
那么轻，那么淡
那么心无旁骛
这是我想要的
去留无意和天马行空
是的
你若不告诉我，多好
就像这些槐花
悄无声息的来去
那样
我就不用在育慧南路奔跑
不用气喘吁吁地
避开那些花瓣
就像避开那些杂音
那些虚无
我们可以在槐树下漫步
说说一朵槐花的理想
说说未来或者现在

2014. 7. 5

暖　色

那些蓝，左突右涌
向无限奔去
它们的自由、欢快、雀跃
比起生命的本身，最初，期待
以及未来的不可知
有着巨大的诱惑

如此安静
温暖的力量一直藏在
你的眼神里
而蓝色将它们分散
在大地的最深处
又被紧紧聚拢

这温柔的抗争不是妥协
是天空和大地
是匍匐和微笑
是你站在这暖色中
对我说出的
所有的好

2009.4.9

一辆车经过了它的爱情

写下一场雨的名字
写下一座小城的暮色和花朵
写下两个字
除此
我就沉默了
那永不再来的时光
我从不后悔
我曾想象它的洁净和美好
近似一朵莲的样子
或者像一潭清泉
清澈，无尘
能照见眼里的欢喜
和小小的幸福
那时
一朵黄玫瑰开呀开
它不知道一辆车经过了
它的爱情

2014.7.5

暮色苍山远

一场雨淋湿的记忆
像潮湿的水汽
弥漫着
从暮色中的苍山
绵延至一朵黄玫瑰
或者更多
它们在雨后的湿气中吟唱
那时，一辆车恰好经过
经过一个黄昏
一座叫怀柔的小城
有风吹来
不是愁绪，也不是茫然
如此清晰的方向
暮色知道，花朵知道
唯有看山的人不知道
暮色苍山远
说出的人
沉默的人
谁在谁的记忆里

2014. 6. 17

我从未和你说出想念

怀揣一瓶酒
穿过一座陌生的城市
你无法想象它的重量和烈性
此刻，它的温度慢慢上升
在我的怀里发酵，迷失
古老小城的上空
鸽子盘旋着
哨音悠扬
和某个黄昏
某些雨滴的声音多么相似

过路的人朝我微笑
他们看着一瓶酒
离开它的故乡
穿过茂密的山楂树
穿过河流和原野
村庄和城市
它们在摇晃中沉默
它们的沉默
就是
我从未和你说出的
想念

2014.6.23

你眼里的整个夏天

村庄的夜色是陌生的
灰色的瓦房
房檐下昏暗的灯
在我们的身后消退
还有隐蔽的门
门后的生活
离我们十万八千里的爱情
以及
我们从未说出的未来

我们只是走着，走着
沿着一座村庄的小道
湿漉漉的街道
一场雨刚打湿了它们
一只白蛾子在飞
另一只白蛾子也在飞
我从你的眼里
看见了整个夏天
那些热腾腾的气息
正一点点淡去

2014.6.17

我想记住你的样子

——鲁院的睡莲

睡莲未醒
我来得太早了
时间那么短
我想把它们剪下
这是我的
永远的
这剪下的时光
你想什么时候醒来
就什么时候醒来
我慢慢地等
这一日的晨光
我放下所有的琐事
放下那些爱过的
想念的
至今还在心里纠结的
放下那些恨过的
怨过的
至今还在心里生长的
我只想记住你的样子
在你还未醒来
趁这时光还在我掌心

2014.7.1　鲁院

我不记得你的样子了

经过拐枣、马蹄荷
时光就慢了下来
多么安静啊
山谷、荆棘、幽深的小径
暗地里
不知所终的方向
总有温暖的星光在闪
那悄悄消失的
又悄悄返回
至此
我不记得你的样子了
拐枣、马蹄荷
那慢下的一切
我爱你们

2008.11.18

一生能有多少次奢侈的相遇

一生能有多少次奢侈的相遇
你说出这些
春天的湿气在窗外游走
我一度认为
这和季节有关
和不惑有关
和一杯青梅酒有关

我也知道
这其中的怅惘
是暮色四合的一次相遇
属于你的夏天
宁静，安详，干净
那时的燕子起伏低飞
在松林的一隅
能看见野菊和灌木

我低声重复
一生能有多少次奢侈的相遇
这早先无视的缘由

当你说出

我突然对未来

有了深深的愁绪

2011. 3. 23

缓慢的时光

我们在哪一个时空
夜雨淅淅
这缓慢地行走
安然平静
拂过的风也是缓慢的
轻盈的翅膀徐徐打开
温暖的光就射下来
你一定听到山雀的欢叫了
那薄雾拂及水面的清声
也如此缓慢
多么好
南方的雨水丰饶绵延
在缓慢的夜色里
冬天渐渐远去

2008.3

自己是自己的恩人（组诗）

自己是自己的恩人

我必须按住它们
紧紧的
不能让它们逃
不能让它们在阳光下
呼啦啦地生长
这多么辛苦
你能阻止一株向日葵
对太阳的想念吗
你能阻止一滴雨
落向大地吗
知道，惦记，心疼，想念
有些时候
自己是自己的恩人

2007.10.29

绿孔雀

今天
我们是山中的绿孔雀

在草地散步
在溪边临水而照
抖落若有若无的际遇
一起发呆，默想，各怀心事
或者心不在焉
林中肢体相连的情人树
根须的触角无限可能地延伸
哪一处是终点
低谷幽微的青苔
又是谁的菁菁时光
那些被踩来踩去的青草
瞬间挺直了腰

2007.10.24

凉茶

板蓝根，桑叶，知母……
她在清晨的凉雾中
熬一煲中药
在水中扑腾的草药
渐渐释放自己

藏得最深的想念
如果不是火的相逼
它会守口如瓶
一生一世
等它要医治的人出现
现在
是那个合适的时候吗
她试图按住那些溢出的凉茶
手忙脚乱
渗透，炎热，窒息，咳嗽……
无药可医

2007.10.23

39度

39度
潜伏的病毒终于发作
混沌，迷糊，方向不明
暖……
她的身体发冷
像秋风中簌簌的一片树叶

窗外
大地安静
缅桂花静静地开着
这慢下来的时间
钝疼无比

2007.10.29

最近的也是最远的

这一日是哪一日
山峦安静
秋风无语
只知一日是一日
回眸又是一瞬
山楸静立
板栗叮咚落入溪水
最近的也是最远的

2007.10.23

向 北

这么近
一伸手就能握住的
却远隔天涯
不能动不能言语
不能
只能一声不吭地抱紧自己
在一片温暖的暗地哭泣
掠影而过的秋天渐渐向后
向后的还有那些
一生也无法辨清的茫然
以及生命的轻和重
过平乐，阳朔，雁山
向北，越来越远

2007.10.24

沿河而上

沿河而上
岸边芦苇丛生，野草遍地
这个时候
我想和你说说
身后的刺桐
萍婆和酢浆草

说说这些日子里
我起伏不定的情绪
暮色四合的路上
摇晃的车里
或不为人知的角落
我怎样暗自流泪

然而
我紧紧地按住了一切
闲闲地和你说着
漫无边际的话
或者沉默
像那缓慢的河流
有深不见底的平静

多好啊

这个春天的下午

我跟在你身后

沿河而上

在江滨路

在一段纯粹的时光里

2011. 3. 21

我爱我现在这个样子

终于鼓起勇气
和你说说我的中年
这隐藏的时光
以为沉默就不会到来
我会被时间恩宠
有无尽的青春和激情
被爱，将爱和爱着
现在
我仍如当年
内心清澈
有我的方向和坚持
有我的爱和想念
尽管时光又过去半日
尽管愁绪淡了又浓
但是
我爱这半日时光
我爱这中年的愁绪
我爱我现在这个样子

2011. 3. 28

和你说起一个相遇的细节

或者
我们就是那些风
从来无迹可循
说起这些的时候
过道的灯光那么暗
我们还是看到了
明净的天空
那些饱满的阳光
散落我们肩头

可是，我多么喜欢你说
我的眼睛看上天啦
那唯一逃遁的
你看到了它的出处
它的惶惑，它的不安
它深深的卑微
一日比一日要沉的心思
还看到了我眉角低低的忧伤
它们在昏暗的灯光下
像春天一样潮湿

2011. 3. 19

汶川诗歌（组诗）

孩子，我爱你！[①]

别怕，孩子
在妈妈的身下
你是安全的
再大的灾难
我都能替你抵挡
再大的痛苦
我都能替你承担
黑暗的废墟里
你看到那线微弱的光亮吗
孩子，那是妈妈温暖的目光

别哭，孩子
妈妈不能把你抱在怀里
给你甘甜的乳汁
轻轻地哼着歌哄你入睡

---

①在四川地震中，救援队员发现这位母亲时，她已没有了呼吸。这位母亲双膝跪地，整个上身向前匍匐着，双手扶地支撑着身体……她的身下有一个三四个月大的孩子，毫发未伤。这位母亲临死前给孩子留下一条短信："亲爱的宝贝，如果你还活着，一定记住我爱你！"

抚摸你天使般纯净的脸了
这一刻
我必须挺住
脊梁断裂的声音
压不垮我对你的爱
我的血在慢慢变冷
孩子，我必须挺住！

愤怒的大地，颤抖的大地啊
此刻我匍匐着，支撑着
呼吸渐渐减弱
我幼小的孩子啊
还在身下
我的手指艰难地拨下
沉甸甸的爱：
“亲爱的宝贝，
如果你还活着，
一定记住我爱你！”

记住我爱你！
记住我爱你！！

记住我爱你！！！
孩子，我亲爱的宝贝啊
如果你还活着
你必须活着！
你要勇敢地活着！
妈妈的身躯替你撑起的世界
是爱，是暖，是希望！
是穷尽了生命的所有力量！

2008.5.19

乖，妈妈[①]

妈妈，放下我吧
您的泪水打湿了我早已冰冷的脸
从早到晚
您就这么抱着我，紧紧的
身旁那只淡绿色的书包里
还有中午您给我的一个苹果

①在四川地震中看到一幅照片：母亲紧紧地抱着死去的孩子哭着，不舍放下，最后才用被子把孩子包裹着埋葬。

我舍不得吃
想等你下班后一起分享
那时，你总会把我抱在怀里
摸摸我的头，亲亲我的脸：
“乖，我的宝贝。”

妈妈，我知道您的痛
而这些痛
我早已经历
乖，妈妈
把泪水轻轻擦去
这些痛，也很快就会过去
当我在废墟的黑暗里
在沉重的钢筋水泥下
呼喊您时，妈妈
我一点也不感觉痛

乖，妈妈
把我放下吧
放到那床小格子的被子里
那温暖的棉絮

有您熟悉的气息

那样

我就能和您在一起

和您在一起，妈妈

我一点也不害怕

2008. 5. 19

国　王

多年后
她仍保持内心的高贵
在清晨坚持读书
浇花，喂鸟
和外界保持距离
独善其身
这是生活的一种
今天又霜降了
多年前的那天清晨
他们在院子里散步
等一辆开往桂林的车
多么好的桂花
一朵一朵又一朵
它一定不知道
一个人的内心
只要不妥协
谁也无法打开
一个人的精神世界
你
就是国王

2014.10

灌阳的正午

这是座陌生的小城
我们到达的时候
是冬天的正午
高速路上阳光普照
抬头就能看见你的背影了
我依旧觉得冷和茫然
那些掠影而过的甘蔗林
田野、河流、飞鸟
山坡上摇曳的芒花

我们在大街上漫步
时间那么安静
无人说出此时的美好
或者别的
我想要停下来晒会太阳
我们的思想游离着
似乎从不交集
多么遗憾啊
这小小的幸福
还未到来就消失了

经过桂花树，小叶榕
无法到达的地方
总有惊喜
像我们没有秘密的未来
阳光下
我们坐在一辆三马车上
那么近，那么恍惚
好像十年的时光未逝
白驹过隙也和我们无关

2013.12.25

父亲的江山

他端详，审视
内心漫游三十多年
这是他打下的江山
一砖一瓦，一草一木
七百多平方米
楼房，院子，菜地……
他的妻子在院子里晒着太阳
满足，安详
如今脸上有了老年斑
他仍爱她那美丽的颜色
夜里为她拉上滑落的被子
清晨为她煮好早餐
他的儿女在院子里嬉戏
快乐，纯真
尽管都已经中年
各自的事业和生活也让他满意
虽然眼神有了些疲倦
这些在他眼里
是江山的大美风景

他曾在这片江山背手而行

巡视每一寸土地
种下柚子、黄皮、葡萄……
运砂，挑砖，泡石灰
一点一点修建他的江山
他曾在这里送他的大女儿出嫁
又让她回来修补内心
如今她的内心广阔而富足
他曾在这里替小女儿看管孩子
鼓励她走向文字的世界
大儿子的油画和书法都不错
他开始担当一个长兄为父的角色
小儿子和他的内心相似
也开始建构他的江山

这是他的盛世
江山安稳，平和
他又开始端详，审视
八月的阳光炙热
他的内心却安静，宁和
其实是不舍，难过
他尽量不让人看出

终究要交付这江山的
谁能抵抗时间呢
如今他步履蹒跚
风湿在他的膝盖隐隐作痛
听力在下降
胡子也开始白了
从前
他一口气挑着石头
像风一样
从前
……

他开始想到百年以后
这是多不得已
但他从容，淡然
自然的规律谁能取消呢
如果可以
他让江山依旧
儿女们都在外工作了
他和他的女人也追随着他们
但他惦记着自己的江山

很多个黄昏或夜里
他坐着长途大巴从南宁至昭平
从太阳升起到太阳落山或者更晚
他奔赴自己的江山
内心欢喜和激动
抚摸一草一木
能感觉过往岁月的温度
而记忆总是不由自主地出现

唉
他在心里轻轻地叹了口气
轻轻地
作为这片江山的国王
他从未流露出对困难的妥协
他乐观，豁达，坚强
他不仅是家人的脊梁
还是小城德高望重的林校长
有时，他站在江山望着远方
能看见那个十几岁挑着一担茶油
换取读书费用的少年
荆棘和灌木枝刮破他的布衫

还有手臂
他强忍着泪水
群山多么安静啊
他年轻的父亲就躺在那里

目光之外
他还能看到很多很多
日子如梭啊
怎么过着过着
就到八十了
他又开始端详，审视
现在江山就是一纸文字了
他熟悉的文字
他和儿子们商量，酝酿过的文字
一个个，一行行
将变成一个数字
先存进银行
再变成另外一个城市的一片江山
这是他的梦想
江山易改
他从未放弃打下的勇气

八月的桂花飘香了

他深呼吸

写下——林仕奇

2014.10.12

第四辑 春天真好

整个季节
白天和黑夜
缠绵着爱恋
也许
夜是温柔的魔鬼
吞噬一些诗和苹果皮
春天真好

春天真好

年久失修的门铃
按不响你的足音
李子花开得那么好
像春天
想你时
世界是一首音乐

怀旧像那长发
拂呀拂
便有好多回忆
像骤放的花瓣
春天真好
鸽子的声音
听起来像祝词

整个季节
白天和黑夜
缠绵着爱恋
也许
夜是温柔的魔鬼

吞噬一些诗和苹果皮

春天真好

1993.3　昭平

我开始写诗了，致我逝去的青春，所幸有诗歌记录了那些时光。

冬天见你

冬天见你
心事拥挤成片片花瓣
所有的落叶苍翠欲滴
甚至水和阳光
都明朗得剔透

从此，落日很美
茉莉的花香
轻袭每个夜的宁静
稻草人的期盼
在每个清晨醒来
甚至雨点、雪和风
都微笑地告诉我
这季节的美丽

冬天见你呵
芦花纷飞着阳光的喜悦
为什么
泪水润湿的问候
却无法启口

藏一生一世的秘密

是冬天见你的

忧伤

1994.12　昭平

雾蒙蒙的夜

关山秦月
是相逢刹那的沉默
犹如山风
犹如满月
很多年的伤痛
已是落花流水
我们还要苦苦地等
希望欢颜
像春天一样重来

为什么爱不喜悦
泪水仍像解冻的河
汩汩流过
雾蒙蒙的夜
盼望过又祈祷过
今生的心愿
竟是迟开的茉莉

在冬夜，很冷
你的呼吸温暖着
我的呼吸

雾水润湿的长发
缠绕着彼此的
苦痛和幸福

告诉我
要怎样
相牵的手不再分开
温情的夜不会过去
甚至爱
不再心伤

1993.12　昭平

百合人生

我用五分钟
诠释整个人生
在午夜的街头
我吟哦着温柔
把幸福放在你手

像百合
幸福颤抖得
柔情四溢
你却平静
在薄荷的烟中
坐看我雾蒙蒙的眼睛

像百合
我们的人生
在街头的夜色盛开

1993.7　昭平

稻草幸福

茉莉开了又落
有风的季节
秋水缠绵着回忆
零零碎碎
还要说什么呢
细雨切碎夜的柔情
我仍把你的来去
守候
像稻草人
为一个丰盈的秋天
把一生的幸福
扎住

1993.11　昭平

雨夜玫瑰

酒和玫瑰装饰着
雨蒙蒙的冬夜
为什么沉默无语
陌生的氛围
被暖暖的炉火
烘干
仍是寂寂
如水的音乐
淹没一室的光和影
往事恍若隔世
仿佛爱情

1994.1.16　昭平

1994冬

我因你而喜欢冬天
那光秃的苦楝树
有一股生命的暗流
正涌向阴霾的季节
我看见
雾满的上空
飞扬着一种喜悦

冬天却美得心悸
灰色的情调
洋洋洒洒
感觉像诗
起起落落
总叩着你的名字

而夜因你的到来
像炉火
温暖一宿的寒冷
那些潇潇落落的风
仿佛歌子
自生命的深处飘来

1994.1.22　昭平

仿佛爱情

夕阳很淡
我看见忧伤漫上来
填满咫尺的空间
这样的相遇
是不是最好
依然是温情的笑
像落叶轻柔着感伤

而冬天是怎样的漫长
所有雾起雾散的坚决
是黄昏见你的恍惚
甚至泪会在转身的刹那
朦胧夕阳的笑脸

而黄昏又是
怎样的美丽
我看不见
仿佛爱情

1993.12　昭平

了结心情

以为那片白是虚无
是从前那张未着
墨迹的纸
我用茶诠释心情
心情如风
在白色的膨胀里
跳舞
茶是古典音乐
在古老的时间隧道
穿行
我们举杯
喝下白的虚无
茶的苦痛
从此不醉也不醒

1992.7　昭平

你是遥远的梦

街前碎雨
像飘落的茉莉花瓣
在潮湿的街旁
在我们伤感的眼眸里

夜深了
感觉雾气重重
像你的氛围
淡淡又蒙蒙
我读不清
也走不出

雨水温柔发梢时
沉默是今晚的秋虫
仿佛在灯后
你是遥远的梦
我无法走进
也永远不会醒来

1992.9　昭平

结　局

清晨想些心事
因为你
静寂寂的长街
流过一些冬的往事
而记忆
仿佛无叶的木棉花
空把蕊展示

坐看雾起时
长发温顺垂下
世界是你
因而迷失自己
如果清晨不在
往事不复
我是不是你的故事

落花无情
流水怎会伤心
你来不来
都是一种结局
那些最美的年龄
我曾等过

1994.1　昭平

第五辑

秋伤

绵长的思念
落入长空的净
多向某个深夜的相视
而秋天来得如此匆忙
我和你相隔的梦
还不肯醒来

秋　伤

低头走过这忧伤的稻浪
风柔得像轻绸的凉滑
散落的发丝
掩藏了我的心事
你又怎能探及
目光之后的伤痛
白翅鸟低低飞过辽阔的天空
谁从远方涉水而来
纤细的稻秆割碎了
绵长的思念
落入长空的净
多向某个深夜的相视
而秋天来得如此匆忙
我和你相隔的梦
还不肯醒来

2003.3　时隔13年，非典期间
在家重新开始写诗

一场美丽而温暖的相遇

也许
这样的相望有些寂寞
向北的清风拂过
飘向青荷深处的
是几行写花的闲词

有谁能抹去这月夜的怀想
一场美丽而温暖的相遇
层层紧锁的秘密不是不敢盛开
是思念裹住了忧伤的出口

纵然韶华分割了咫尺的距离
伸向你的目光依旧永恒
就这样默默相望一生吧
直至那明月清瘦成灰

2003.3

哪一条路通向你

我知道你在
又怎能应和
生命的一些时刻
正被风慢慢雕凿

苍茫的旷野
谁的灵魂遗落了
白蛾子正吟唱着
激情和悲伤

哪一条路通向你
……六个句点之后
漾在落花的叹息
我懂

我懂
但又怎能应和
一个词点亮了幽暗的夜
一阵雨淋湿了梦的翅膀

2003.4

一株伤茎的青荷

醒了
一种语言碎成千片
无法裹住颤抖的心疼
也无法让思念成行
躲在你眼神的背面
假想一季雨的漫然
窸窣的水面涌动着
甜蜜的忧伤
看夜的更深处
无意碰触的心事
如一株伤茎的青荷

2004.4

雨静静地下着

以为所有的缘起
是命中的一场劫数
是山花无力抵挡的一阵风
从遥远的遥远
是什么穿越了我的夏天
在一片银铃的笑里
世界如此温暖

听
你的名字叮当地响在
一片灿烂的阳光中
响在月光涌动的青荷深处
在时间之外
落入碧空辽阔的净
我又怎能言及
幸福像羽毛轻轻落下

只为你
倘若你能窥知
一粒种子的最初
已萌芽成葱郁的树

在无法复制的时光里
所有的暗语在静默中行走

夜深了
我和你相隔的这一个季节
仍眷恋着不肯离去
遥望苍凉的天空
我怎能平抚回忆的伤痛
落向地面的树叶叹息着
远方
雨静静地下着

2003.4

在一片繁花中歌唱

无法抵挡一丛芦苇的忧伤
时光从指间的思念轻轻滑过
涌向秋水的月光
窸窣着寂寞
散落的星子又怎能言及我的心事
沉沉睡去的
是无法抵达的想念
我可以做梦了
可以在你的胸前
在一片紫色的繁花中歌唱

2003.4

青　荷

辽阔的秋空
飞鸟的轻盈
在一片叮当响的银铃沉睡
你笑意里的皱纹
有了幸福
你怎能忍心
看它褪成一种回忆
夜啊，不要叹息似的游走
不要淹没我的听觉
来不及藏起的想念
且让它垂穗成实
在青荷的心里轻吟

2003.4

花　伤

谁在寂寞的深处叹息
往事藏着花蕊的甜蜜
我们在时光的走廊相逢了
一生的秘密写在枝头的新绿
我终是不肯向你俯首低语
下一场的别离
是在哪一个路口
伸向苍茫的枝丫
一直醒着
不过是悄悄地绽放了我的心事
却为开错了花期而落泪

2003.4

假如相遇从未开始

听你
听柳絮轻盈飘下
向北的晚春
青鸟衔着天使的祝福
落入黄昏的雨
斜着旧时的印象
春水浮动的几许薄烟
枝头的新绿醉了又醒

颤抖中打碎的孤寂
那轻柔的呼唤来自何方
告诉我
逃向哪才是归宿
生命里骤开的花瓣
多么欢喜
假如风不曾来过
假如相遇从未开始

2003.5

星期二的夜晚

——读《廊桥遗梦》

已近黄昏
清静的味道
太阳落在玉米地上
一只鸟乘着风扶摇而上
一包骆驼牌香烟
夜色深蓝

叶芝的诗
清晨的光泄露了她的快乐
当白蛾子张开翅膀
一次秘密的相约
又有了跳舞的天地
他干净的神情
星期二的夜晚
秋叶静静地飘着

一种细微的声音
所有的孤寂溶解了
最完美的姿势
灵魂和思想到达了幸福的彼岸
那是零度空间

一支烟抚慰了陌生的感觉
生命的尽处被激情穿透

刻骨的夜晚
决绝和相遇一样
他在水边把记忆吹成生命的终曲
她在心里将这爱藏了一生一世
小号呜呜地吹着
比冬天的风还彻骨

2003.6　喜欢的一本书

目光之外

一

在草原仰望低低的云朵
这个角度分割了大片的野花
在此之前
一定有匹急驰而过的马
嗒嗒的马蹄声渐行渐远
我想象的情节是从这开始的
只是你并不知道
所以目光之外是一个谜
午后望去的草地
有些印迹在阳光下隐约可见
是的
那些目光所不能及的
在土地里悄悄萌芽

二

有些画面是熟悉的
想象久了就成了真实的快乐
比如黄昏的阳台

帘幔被风拂起
就像一场刚开幕的戏
我在寻找一片油菜花
金黄，银翠，嫩白
诠释了一些隐秘
“那一刻，仿佛预约了千年”
台词伴着音乐适时而出
月光下是安静的海
笑声将剧情推进
我只想知道
那温暖的目光之外
除了一片油菜花还有什么

2005.8

第六辑

我们各自面向所爱的事物

夕阳的光里
你的背影好看
一如当年
小米粥，一点红
黄昏来得有些早
我们各自面向所爱的事物

我们各自面向所爱的事物

黄昏来得有些早
小米粥，一点红
从前不吃的野菜
摘下它的花朵
我们各自面向所爱的事物
欢喜或者沉默
很多年了
这样的时刻是一种仪式
也是爱情的一种
夕阳的光里
你的背影好看
一如当年
小米粥，一点红
黄昏来得有些早
我们各自面向所爱的事物

2017.5　贺州

春风渡

她有良田八百亩
从未说出
一颗种子的秘密
有时她是一阵暖风
吹开迷路的花朵
更多的时候
她是一只鸟
在夜里低低飞行
低至月亮
霜白起
或者桂花落
那么多雪在路上
那么多河流涌向春天
那么多花朵奔赴爱
她低眉，打坐
春风渡
安好

2016.2.1　贺州

不说爱了

春日暖
感觉自己也是颗冒芽的种子
不说爱了
这样走走就好
风在替我们说话
泥土在松动春天的梦
桃花开得那么好
我们远远看着
一颗种子冒芽的时间
允许它是无序的
允许它默默地舒展
就像允许桃花
它爱落哪就落哪
落到我们心间的那一朵
任由它做梦
任由它在无数个春天
听你说欢喜

2016.3.16　贺州

此地是我的故乡

桂江、茶园、松林峡
睡佛、东宁北路，五指山
……
车过昭平大桥
心情平静，无欢喜
此地是我的故乡
而今是我的驿站
归来仍少年
只是我的梦想
黑丝已有雪的颜色了
我压下帽檐
想成为一个陌生人
成为那个二十多岁
和爱的人打水漂的女孩
看江水流淌
如同我们浩荡的青春
以为是无尽的

2016.2　昭平

世间事

唯有在深夜
才能感受自己
沿桂江而上
松林峡，松树，芦苇
薄雾笼罩
想象山风的轻抚
是你温暖的爱
想象月光
是你深情的眼神
多年前的爱恨纠结
多年后风轻云淡
台词早已忘记了
世间事
原可以这样了无痕
可以这样坦然相对
江水安静无语
流向广阔的海洋
我转身
你看不见的
我隐匿在
万水千山之中

2017.3.6　贺州

桃花醉

想醉一回很久了
时间过去二十多年
我的千朵桃花
仍绯红着脸
桂江安静无声
轻舟过去的
松风又吹回来
你忘了吗
没有记忆的才是记忆
船过松林峡
我喝下这桃花酒
你拥抱我好吗
芦苇轻，春露浓
我的千朵桃花
你不要逃啊

2014.2.15　贺州

我们仍在世间行走

我们有漫长又幸福的岁月
你看
百年过去了
我们依旧手牵着手
去晒坪翻晒花生
看见路边的小野菊
你弯腰摘一朵
插在我的白发中

你看我的皱纹如花朵
满眼都是欢喜
我看你的老人斑如画
满心都是爱
时间把我们遗忘了
天地已老
我们仍在世间行走
多么好

2016.12.19　在富川采访百岁夫妻

我不敢像一朵花一样爱你

我心中的风呼啸而过
无人知晓
这是多么遗憾
早春的三角梅
开得轰轰烈烈
我偏爱这南方的花儿
希望自己是其中的一朵
爱着枝头的雨露
或者深夜的月光
爱着亲吻它的蜜蜂
爱着世间的尘埃和欢喜
我那么爱你
却不敢像一朵花一样

2017.3　贺州

一棵粽叶的乡愁

她在这个陌生的城市
种下从故乡带来的粽叶
种下红薯苗，芥菜，油麦菜
芫荽，葱花，韭菜……
种下乡愁
花开的声音，植物拔节的声音
就是久违的乡音
温暖而真切
故乡的山峦，河流，亲人
在叶脉上清晰可见
阳光映照的泥土
散发着熟悉的味道
她抬头，望着故乡的方向
一棵粽叶也望着
轻轻摇曳

2017.4　和母亲在南宁种菜

黑夜看起来像天鹅

这是我想要的
推开窗
一面清澈的湖水
映照着高大的树木
还有花朵开在夏天的风中
我为此喜欢上炽热
喜欢上灯光下飞舞的白蛾子
觉得爱情要来了
湖边的钟声
听起来像祝词
黑夜看起来像天鹅
闪着光
因为过于高贵
我低下眼帘
仿佛爱情真的来了
仿佛

2017.5　贺州

想要的爱也淡了

清晨
一个人漫步江边
心无旁骛
想要的相遇不期待了
中年的时光里
很多事都不重要了
很多人忘了就忘了
很多话不想说了
想要的爱也淡了
就这样
一个人，走在江边
看山是山，看水是水
或者闲坐一隅
发呆，入定
其实，还是孤独的
那么深和肆意
我紧紧按住它们
像一朵慢慢盛开的朝颜
对着安静的河流微笑
说，我爱你
我爱你
仅此而已

2017.5.11　贺州

我们有千般不舍

我写下黄姚
黄姚就在咿咿呀呀的彩调中
转过身
粉墨淡妆，水袖轻甩
碎步轻盈，婀娜多姿
“扯嘛罗丝耶
哎呀我的妹罗耶”
歌声缭绕
唱的是千年情思

这明清的古韵
有着小桥流水的婉约
亭台楼阁
是那年你我相会的地方
“坐久不知红日到
闲来偏笑白云忙”
把楹联诗词煮进绿茶中
是我们喜爱的事
看你闲适地说起过往
我亦和之

人生有何不可和解

看水袖轻舞掩面

听锣鼓铿锵

心如明镜如菩提

虽不知菩提在哪里

抬眼，清唱

鞠躬，退场

我们有千般不舍

终究要转身

2017.5.29　贺州

我们彼此深谙，从不躲闪

二十多年了
每个夏天
从一束南瓜花开始
安静的清晨
像我们手中的花梗
指甲轻掐
仿佛剥下时间的衣衫
这绿色的葱茏
像我们过往的岁月
摘下金色的花蕊
这甜和苦的味道
我们彼此深谙，从不躲闪
抬眼，相望
低头，掐花
你眼里有花
有我好看的青春
和好看的中年

2017.5.29　贺州

想象喧哗是安静的

我在你三米以内
却是陌生的
携带桃花的香气
我隐身于此
想象喧哗是安静的
或者就是鸟鸣的声音
想象春光烂漫
铺开百里桃林
漫长的时光
总有出逃的念想
而你一无所知
目光所至
仿佛春花遍开
我们在一个喧哗的世界
无法聆听自己

2017.3.3　贺州

千般好，不及恰好

这秦时的古道
没有明月
有烟雨十垄
有好看的山水环绕
从富川岔山到湖南
一山之隔
连着千年的思念

我们相遇了
不必借伞
屋檐下避雨
或者擦肩而过
都能在眼神里认出彼此

认出那个打油茶的瑶妹
她唱的蝴蝶歌
“蝴的蝴，蝶的蝶
黄的蜂，溜的西，啦的咧
咿呀啦的咧……”

我们就此停下

烟雨停下
策马的人停下
千年的时光也停下

看你眉宇的山川丰饶
有春花开过的影子
我便心情荡漾
便羞涩低眉
将手中的油茶一饮而尽
千般好，不及恰好

2017.5 富川岔山，潇贺古道，
入桂第一村

我爱着，从不言说

船泊水边
渔火在张继的诗中忽闪
我不怀疑这是在唐代
桂江鱼，灯盏菜
酸梅酒，绿茶一杯
人生美事
不对酒当歌
不谈风月
只和你反复说
小城小，在广西东南
在唐诗的韵里
在一弯明月的倒影中
昭平
我念着它的名字
和你一起饮下这月色
春风荡漾，我行百里
我爱着，从不言说

2017.5.28　贺州

林虹："自我"的多维审视

董迎春　胡金翠①

【摘要】林虹作为地域性的女性诗人，在回归诗歌的语言本体书写的同时，从地域出发，在女性诗人自我书写的潮流中，她突破自我书写的藩篱，完成了自我与地域的联结，以及指向了更广阔的空间（世界）。同时，作为一个具有地域写作的少数民族诗人，她在观照现代诗歌书写实践的同时，也为女性书写、地域书写、民族书写探索出新的话语空间。

【关键词】林虹；语言本体；自我；地域

自2003年，林虹重新开始进入诗歌创作，通过情感独白与自我体验，她尝试与世界建构一种沟通和感应，展示了少数民族女性诗人独有的灵性和情怀，形成其温婉宁静的诗风和艺术气质。这份安静和灵动之美与她的诗歌主题"爱"和"故土情结"融合起来，形成了"自我"的多维审视与文化观照。

一、地域与"自我"的融合

作为少数民族诗人的瑶族身份，地域与诗人的关系就像鱼儿与水的

---

①董迎春，文学博士，广西民族大学文学院教授，研究方向：当代西方文论、中西诗学。胡金翠，广西民族大学文学院2013级汉语言文学学生。

关系，相互缠绵，彼此滋养。诗人往往受到地域的文化地理环境以及地域所赋予诗人成长和影响，极具民族风情与故土情结的女性书写，展示诗性言说和诗意家园的文化和心灵价值。

故乡是对于地域印象的直接心灵体验，林虹有着自己朴实的理解和坚守。“故乡是我创作的源泉，用文字记录乡愁，是我的创作初衷。”①这份“创作初衷”，使得她的诗歌充满了故土情怀和文化关怀。在充斥着城市焦虑和不安的现代社会，这份坚守则显得尤为珍贵。“对贺州瑶族作家群体而言，在瑶族社会生活中历练出自己所属的民族的心理素质和审美观念，那是他们精神家园的根之所在，灵魂的归宿之地。”②诗人脚踏实地为所在“土地”歌咏，用文化的眼光书写诗性和灵性合一的故土与家园。林虹作为少数民族地区的诗人、作家，表现了贺州特有的民族风貌和的故土情结，用语言建构了地域的诗性与文化的意蕴。地理特征、风俗景致、方言俗语等作为诗歌中地域性的内涵，承载了历史与文化等广阔的内容，紧密联系着诗人的思考与情感。

在《在潇贺古道等一匹马》中，林虹向读者铺开了一幅优美的地域画卷。潇贺古道是海陆丝绸之路的最早对接通道，这首诗里“等一匹马”，其实是等一个人。那个人“披一身霞光”，温暖、明亮、绚烂，刻画了“她”对“策马的人”归来的期待心理。自古这样的道路就被用来诉说离别和等待，而这些诗以幽怨、忧愁的情绪为主，这首诗则以一个“霞光”的意象铺开，读来让人心情明朗开阔，用两条叙事主线：他迫切的“飞奔而来”的归来、她“等待了千年”的殷切等待，讲述了浪漫而唯美的爱情。诗人用轻快的节奏和音乐语言来描绘了一幅灵动丰富的动态心理图式，加入了瑶族的蝴蝶歌歌唱语言，各种贺州市的地域标志事物穿插，使整幅画面丰富灵动、韵味悠长。蹄声、浣纱、箫声这些具有古典意味的意

①欧阳利环：《作家林虹笔下的贺州情怀》，《贺州日报》，2016 年 8 月 29 日。

②肖晶：《蝴蝶歌飞——关于贺州瑶族作家群》，《广西民族师范学院学报》，2010 年第 2 期。

象运用使得整首诗歌充满了古典意蕴，多了几分书卷气。这首诗中一个很大的特点即空间地理的变换（在空间上由远及近的叙事手法模拟“策马的人”慢慢将近与“她”从等候的期待到羞涩的对应，诗中情绪的紧张感慢慢袭来）对读者心理的暗示从而代入情境与错觉，让人身临其境，直至“策马的人”出现。在这首诗里，虽是“在潇贺古道等一匹马”，却不仅仅局限于“潇贺古道”的思维语言，而是向更广阔的空间延伸，通过空间地理的叠加、变换，构建起一个地域之上的古朴而美好的诗性家园。

故土与文化中的“爱”的主题，让林虹与“自我”相遇，与家园相知。《我们只爱当下的彼此》这首诗是游览花山后所作。花山位于贺州市钟山县的花山瑶族乡，这里的人们生活在风景如画的环境里，保持着传统简单的生活方式。“在大坪，在瑶寨 / 不看时间 / 随日月起居”，这是一种古朴而美好的生活，是这片土地的传统，这样的气息无疑唤起了诗人的归依田园和大自然的热烈情感。“你在打一锅油茶 / 黄姜、蒜米和春茶”，这是瑶族人喝茶的传统，是一种简单而富有生活气息的语言。日常经验的写作容易陷入平淡凡俗中，文本与日常经验的转换就显得尤为重要。对日常生活的接近与隔离往往能看出一个诗人的功底。而将日常经验诗化的过程，就是将日常经验转化为心灵体验的过程。在林虹的诗歌中，每一寸土地、地理标志、生活习俗都变成了诗的语言，热爱变成了具体可感的道说。它可以是“打一锅油茶”，也可以是“养几箱蜂”，“金银花”“黄昏”“白月亮”……这些生活意象转化为对家园的真挚与深情，将淳朴的生活体验转化为丰富细腻的情感体验。“我们只爱当下的彼此”，这是一种更浓的情感表述，也是诗人对这片土地和生活充满爱意的写照。她与这片瑶族大地相生相连，构建心中审美化、诗意化的理想家园。

20 世纪 80 年代以来，女性诗人以身体写作和欲望叙事作为两大主轴的诗歌自我书写。20 世纪 90 年代以后，慢慢由日常经验书写转变。任何情感的抒发如果局限自我（身体、欲望），那么这样的诗歌难以体现普遍的现世价值，同时不能引起普遍的共鸣。诗歌的哲性是诗歌的生命力和源泉所在，脱离了自我与世界的建构关系，那么这样的诗歌只能“流离失所”：它也许展示生活中的某一微妙与柔情，但会缺少人类情感的观照与省思的感染力。因而，女性诗歌的自我书写，应该通过对自我的深层体验，来完成对自我在两性关系、自然、时间、世界中来思考自我，达到认知和定位，而这些认知和定位体现的是自我与他者、世界的联结，代表着共通的审美意趣与哲学认知。通过自我书写，诗歌也能达到更为深远的审美空间和广阔的情怀。“女性主义诗歌中应当不只是有女性的自我，只有当女性有世界、有宇宙时才真正有女性的自我。”[①] 林虹注重自我体验与世界联结，以主体之思上升到哲学之思，达到自我认知和归依。在她的诗歌中，与大自然的联系尤为紧密。“最好是这样 / 彼此相望 / 就能会心一笑 /……想象任何景物是你 / 掠影而过的树 / 拂过面颊的风 / 有些时候 / 我们是彼此”（《最好是这样》），“鸟儿”“向日葵”“木瓜酱”“山楂酒”等自然物象组成了丰富的审美空间，渗透着无处不在的诗性意味和审美意味。诗人充分运用通感联系自然，友爱平等的和谐关系将自我与自然融入，情感在无限空间中敞开。诗人在与大自然的亲近中，对生命的观照和思考代入自身体验，返璞归真，反观自我，借以消除内心世界与外部世界的冲突，不断消解焦虑和痛苦。这样的意义层面则包含着诗人对自然的认知思维，以及处理自我与自然之间的关系时所包蕴的态度情感。林虹在处理这层关系时，是谦恭的，是自省的，是信仰的。她是这样阐述的，“接受现实，和泥土相爱 / 妥协于自然的一切 / 而我必须低下头 / 才能看清她 / 才能闻到她的清香”（《日常生活》）。诗人身份赋予的使命感，提醒着诗人，存在于时代的清醒思维里，使得诗歌更具张力和冲击。

“假使一个艺术家不是紧紧地依靠自然和思考自然，他就会越来越远离艺术的基本原则，而他的虚拟离简单模仿和独特风格就越远，也就越

---

①郑敏：《女性诗歌研讨会后想到的问题》，《诗探索》，1995 年第 8 期。

空洞，越没有意义。”[①] 诗歌首先来源于日常生活，而人又是从出生开始便与大自然打交道，在这你来我往当中，人服从大自然，人创造大自然，人也归依大自然。在这个紧密关系中，诗人创造出了一个良好互动的诗性联结，直击原始简单的心灵美好，追溯人的本源，回归本源。林虹的诗歌在意象的选择上多为日常生活事物或是大自然，这些意象与诗人的情感体验形成了一个整体，构成了一个生态、良好互动的诗性空间，从而加深、延长了读者的审美体验。在“自我”的表达、寻找、追溯中，诗人实现了精神和心灵的归依，偶尔可见书写焦虑，但诗人对于“归乡”的哲性思考从未疑虑，坚定地走在“归乡”的途中。

二、语言与“自我”的共舞

诗歌是语言的艺术，“艺术的本质是诗歌”（海德格尔语），诗歌与语言在相互印证中，触摸灵魂和存在。海德格尔提出“语言是存在的房屋”，这所房屋应当为有形的形式（结构）和无形的情感（情绪）互为融合、建构。我们能在这所“房屋”里感受到所有情感，并沉迷这种情感氛围，呼唤自己内心的情感发生，从而达到共鸣和期待视野。同时，在语言的变化（陌生化、变形、超验等语言策略）中延长、加深审美体验，达到诗歌的语言艺术与情感融合、同一，成为有机整体。在这种语言创作中，诗人提炼出最纯粹的语言编码诗歌，隔离了日常生活，突破了自身所处的有限环境到达行而上的艺术空间。“诗歌是一种以语言为符号的心灵意义实践的艺术形式，它是所有艺术中最走近内心的一种艺术……这种精神件、内在性为话语实践的诗性，自然连接了创作者的主观心灵与身体感应。诗歌与身心的交互感应关系，成为诗歌这种文体的精神特

① [德] 歌德：《论文学艺术》，范大灿等译，上海：上海人民出版社，2005 年，第 9 页。

征与意义指向。”[①]

追求语言诗写的表现特征，陌生化、变形、超验等语言形式得到了极大的运用，以此区别于口语诗写。同时，在回归语言诗写的潮流中，语言作为直击心灵，直抵内心，直接揭示自我的渴望和作为世界存在的个体意义（自我建构）的生命意识也被普遍运用。“当代诗写（诗语）有两个值得重视的语言意识：一种是，语言作为一种修辞格……另一种是，语言本体充当认知思维。诗歌成为主体认知的有效动力与思想源泉，为人类反思、寻找自我提供了一种可能。”[②] 林虹的诗歌属于后者。在回归了语言作为本体书写的诗歌审美中，她用纯净和古朴的诗歌语言实现自我的认知和自我书写，勾勒出了一幅幅动态的内心情感世界，建造了一处女性的诗歌乐园。在“独白”式的语言编码中，她把自我体验和情感密码融入诗歌语言，用开阔的思维语言述说在场，以及通感的极大发挥和丰富的幻想，这些都使得林虹的诗歌极富个人色彩，并且形成了独特的个人言说体系。诗语书写自我，而自我赋予了语言生命力，语言与自我的不期而遇，二者共舞，催生出独特的审美意味。

“要看透一个诗人的灵魂，就必须在他的作品中搜寻那些最常出现的词。这样的词会透露出是什么让他心驰神往。”[③] 林虹的诗歌中最常见的一个意象是“花”，比如：《春天的花开了十二年了》《十万朵桂花》《桃花醉》《在花山》《向日葵》等，“花”作为美好和女性的象征，多次出现林虹的诗歌中，也代表了她对“自我”隐喻与认知：似花，是花。“花”被赋予了多种情感，它时而安静温暖，时而坚定执着，时而孤决悲伤。“爱”的书写作为林虹的一大诗写主题，使“花”的形象饱满多变、充满

①董迎春：《诗体通感与通感修辞——诗歌符号学之视角》，《当代作家评论》，2016 年第 2 期。

②董迎春：《时代之诗的去蔽与可能》，《南方文坛》，2016 年 1 期。

③胡戈·弗里德里希：《现代诗歌的结构：19 世纪中期至 20 世纪中期的抒情诗》，李双志译，南京：译林出版社，2010 年，第 31 页。

情调。在《向日葵》中，诗人用第三人称的视角书写这首诗，脱离了对叙事主体的宏大磅礴的歌颂和叙事，完成了“向日葵”安静、温暖、坚定不移追随“太阳”的形象塑造。它像一颗星球一样巨大、绚烂而遥远，然而在日落后却是卑微的、忧伤的、落寞的，用对比手法将向日葵的形象塑造得鲜明而有情感冲击力。诗人一直在劝说“向日葵”“落下”和“离去”，而这又与“向日葵”的坚决和诗人的无奈相互渲染，让人感受到心疼、忧伤和无奈。如果说《向日葵》是展现出女性温暖、坚定的一面，那么在《桃花醉》中，则可以看到女性敏感丰富、多情婉转的极致表现。“千朵桃花”象征着诗人自己，“仍绯红着脸”，时间年复一年的过去，却仍然饱含希望和美好。“轻舟过去的／松风又吹回来”代表着循环往复，代表着诗人的思绪欲断还休。然而这次诗人要做一个决定了，“船过松林峡／我喝下这桃花酒”，这次船穿过松林峡，“我”就要“喝下这桃花酒”，松风不会吹回来了。自古文人爱酒，酒是诗性精神与言说，道出诗人的隐秘情感。女性世界的“酒”于男性世界的“酒”道说不同，在女性世界中酒被赋予了更多女性化符号：爱情、忧伤、浪漫。诗人想要“醉”一回。“醉”是一种解脱和通达，是诗人在处理出世和入世矛盾的形而上的慰藉，呼唤生命意志的在场。“我的千朵桃花／你不要逃啊”，于是，“我”的千朵桃花散尽，思绪散尽。“千万朵桃花”绚丽而唯美，却有着“毁灭”的气息。像是一个自我囚禁的牢笼，诗人由此挣扎和想要跨出这个牢笼，饮下“桃花酒”，是诗人自我的超脱和回归，是自我毁灭同时也是诗人的自我重建。

林虹的诗歌有着情绪的完整性，由情绪生发，到情绪推进，最后情绪终结，意象铺陈推进表达主题，用富有感情色调的语言形成书写机制。往往在诗歌的结尾做出决定（得到结论），形成诗的“刺点”，呈现痛感与醒觉意识。在《桃花醉》中也可以看到，与《向日葵》中“落下吧　落下吧／早该离去的／就等这秋色将就／那金黄　那饱满／那曾经来过的”的结尾诗句一样，表达自己的对某一事物的见解和决定，这是诗中的“智性”，以及围绕自身的体验追寻答案和本源，也是生命启迪与哲理观照。如果说城市书写焦虑、迷茫和自我的寻找呼唤，那么乡村则是诗人对自我的低吟浅唱，是自我的回归。林虹的诗歌回归到语言本体的书写，在独白式的叙说中，实现了语言与自我的诗性联结。她突破女性书写的藩篱，立足土地和地域，在语言与自我的共舞中构建了一个地域之上的美好的诗性家园，以及向更广阔的艺术空间和人文情怀敞开。

三、“自我”和世界的会通

自我，顾名思义，即主体存在之思。世界，即自我之外存在的广阔视域。但其会通与融合形成了生命之诗与存在之思。对地域文化、女性身份的认同，也是对世界的发现与认知。诗歌作为特殊的通感文体，意味着世界是一个隐秘而神奇的“象征”森林，自我的感应则强化了自我与世界的关联。诗歌便是这种神性的道说与澄明之境。“只有诗人同时既是主体又是客体，既是自我又是世界，诗人自己才能到达绝对真理。”[①]林虹作为一个诗人、作家，拥有众多的文化符号：女性书写、地域书写、民族书写，从地域走向世界，实现地域与世界的联结、同一，就要求诗人要拥有世界的眼光和精神，同时，立足地域书写人类的普遍情感。

在林虹笔下，在贺州这片土地上的一河一草一木，都变成了道说的对象，将情感融注在这些“对象”的存在实体中，探寻它们的隐喻和所指，便增添了十足的神秘、暧昧的艺术气息。“山风，芦苇，松树的清香／故事的铺叙充满了戏剧的隐喻”（《台词》）植物意象的运用是林虹诗中的一大特点。植物的生命语言与诗人的生命诉求不谋而合，诗人将“山风，芦苇，松树的清香”赋予了丰富的暗指，使得诗歌富有层次感和艺术厚重感。此外，林虹毫不吝啬对自我的表达，将“对象”赋予

---

①［法］让－马里·舍费尔：《现代艺术：18世纪至今艺术的美学和哲学》，生安锋、宋丽丽译，北京：商务印书馆，2012年，第26页。

了多变的形象和品性。“我说的白是一种向往 / 是一只飞翔在记忆之外的鸟”（《翅膀张开的声音》）；“一只蟋蟀曾在树下唱歌 / 我录下了它的歌声”（《闲下来的一天》）。“鸟”和“蟋蟀”这样丰富灵动的意象使得诗歌具有画面感，意象与诗人之间的交互联结，虚实结合，也充分调动了读者的观感和听觉的感悟。

在“自我”流动的长河中，地域标签作为意象依次参与诗歌意识的编码，读来让读者沉迷这种情感的流动，也让读者不知不觉地克服了地域的生疏，达到共鸣。“忧伤、疼痛、追忆、自省这些女性化词根在林虹那里还原为最朴素、简洁、原始的语义运用，并指向一种更广大的情怀：寻找‘原乡’创作的温暖。”[①] 林虹的诗在现代汉语的书写中，不断探索文化的价值与世界性的情感认同。她既尊重少数民族的母语文化，也践行汉语世界的会通。民族的“神圣性”又给民族诗歌带来了不同的诗歌艺术光晕和审美。于是，如何处理民族间的语言“隔离”带来的情感“隔离”，便成为民族书写走向更广阔空间（世界）的首要问题。林虹作为瑶族诗人，做了许多有价值的探索。作为瑶族的女性诗人，情感更为细腻，她特别重视“民族语言”的运用。例如，“溜的西，啦的咧 / 蝴的蝴，蝶的蝶 /”（《在潇贺古道等一匹马》），采用的是“蝴蝶歌”（瑶族山歌的一种）的歌唱语言，歌唱语言的音乐性与诗歌的韵律融合，展示了异域风情、本土化特征和场景。“啦呀依呀……/ 母亲的山歌在心里 / 将军，哈扎 / 风从茅坪吹来了 / 披上我做的黑布衣吧”（《哈扎》，哈扎，瑶语，意为“喝茶”），她运用了瑶族山歌的歌唱语言的同时，山歌、黑布衣等富有民族性的标志也一一进入诗歌，“哈扎”则是瑶语的直接运用。在这首诗中，民族性、地域性不再被消耗、溶解来适应读者，而是大胆直白地呈现出民族的鲜明特征，在为文本增添了陌生化的效果同时，也展现了神秘多彩的民族风情。

---

①肖晶：《蝴蝶歌飞——关于贺州瑶族作家群》，《广西民族师范学院学报》，2010年第2期。

这些民族语言作为诗语言昭示诸神的在场，提升了民族神圣的艺术光晕的同时，巧妙地融合节奏性、音乐性进入情感，使读者在共同情感中品味这份“神秘”，不知不觉进入读者的期待视野中。当然，最重要的是林虹用这些民族语言书写了人类的普遍情感，思考存在和灵魂的皈依。“达到真正普遍宽容的最可靠的途径是，承认每个人和每个民族的特点有存在的权利，但同时又坚信，真正值得赞扬的东西之所以不同凡响，乃是因为它属于全人类。”[①] 极具地域特色的民族语言和人类的普适情感有效合一，汇聚了自我与世界的诗意所在。

正如对林虹一直关注与影响的著名评论家张燕玲写道“林虹也常常独自远行，瑶乡贺州昭平，不仅诉诸笔端，更成了她远方的参照系”[②]。显然，不同于地域文化在诗中的简单呈现，林虹“笔端”隐喻着地域之维上的精神“远方”。这个“远方”包孕着作为民族诗人的使命，也充斥着时代之维下的世界理想。“除了想对瑶族文化进行挖掘和保护，更是想表达瑶族同胞们为梦想而不断努力，追求幸福生活的美好情愫。”[③] 在“寻根”“返乡”的现代思考中，林虹早早就实现了自我与地域的融合，在贺州这片土地上构建起了一个美好的诗性家园。

作为广西极具重要的少数民族和女性诗人，林虹的诗歌语言纯净、古朴、自然和恬静，使诗歌有着直逼人心的力量，她在自我与世界的联结、同一中，揭示了“自我”的另一种境界和文化可能，在地域、性别、民族身份中找到认同，同时也不断张望“远方”而形成广阔深远的文学和文化空间。

本文系“广西民族文化保护与传承研究中心”建设经费资助项目、广西区哲学社会科学规划课题《新世纪以来的广西诗歌研究》（15BZW005）阶段性成果。

---

①［德］歌德：《论文学艺术》，范大灿等译，上海：上海人民出版社，2005年，第367页。

②张燕玲：《从瑶乡出发》，《文汇报》，2015年7月1日。

③欧阳利环：《作家林虹笔下的贺州情怀》，《贺州日报》，2016年8月29日。

林虹：诗歌是自己的安静发声

钟世华[1]

（采访时间：2014年6—10月　　采访地点：南宁　北京　贺州）

钟世华：我在网上查询关于您的资料，发现大多是关于您小说和散文的资料，诗歌方面的很少。

林虹：很少，我一直习惯于沉默，习惯于在静处。推崇隐和无痕的生活，是个边缘人，我享受这种心无旁骛，去留无意的生活。写作，不过是心灵的一种修行。

钟世华：您是什么时候把写作看作是心灵的一种修行的？

林虹：应该是在出版散文集《时光深处》和小说集《清澈》时吧，我写着写着，内心觉得很温暖，很美好，仿佛有道神性的佛光普照，让人身心通透。能感受到生活里细微的好，哪怕是满天沉沉的雾霭，我也能感受之中的诗意，内心从未有过的欢快和雀跃，即使感伤，也有了新的去向。这种变化，是文字带给我的，抑或是，本来是潜行的，不过是，

①钟世华，广西教育学院助理研究员，青年诗人，广西作家协会会员。

在那样的一刻，被忽然打开了，也许，这是修行过程中的一种闪现吧。

钟世华：这种温暖在您的诗歌里有所体现吗？

林虹：有的，它一直是我的写作底色，只是不具体到这个词，而是流露的一种情绪，是流淌的，像一幅晕开的水墨画，是慢慢渗透的，我觉得这是诗歌的密码之一。我很久不写诗了，得回过头去重新翻阅我的诗歌，找到这样的物证。来鲁院后，写了几首，我想，这是停下的结果。我写得很慢，我喜欢这种慢，慢下来，看到的感受到的，能更接近自己的初衷。《诗刊》的商震老师来和我们座谈，他说，没事别写诗。他说的，是要有写诗的情绪和想写的念头，才动笔。我深以为是。

广西师范大学文学院的研究生吴祥金，在课堂听了他的导师给他们朗读讲解我的诗歌《向日葵》后，写了我的一个诗歌评论《在松林中吟唱》，或许，你在这篇评论里对我的诗歌会有一个了解，他提到我对植物的喜欢，我对他能找到我的一个诗歌意象，很意外。

钟世华：密码之一？那打开您诗歌的密码还有什么？

林虹：呵呵，打开我诗歌的密码？我沉迷于密码两个字。商震老师说，只有知音才能打开它。我对他的说法击掌叫好，这也是我想说的。打开我诗歌的密码，除了温暖，还有爱。这是永恒的。我所写的诗歌，都暗含了爱。这是滋润我诗歌的甘露。比如我最近在鲁院写的《我想记住你的样子》，是写鲁院的睡莲的，睡莲是诗歌的一个暗语，也就是密码，借一朵莲，对情感的垂首。睡莲这一物象承载了我想表达的一种情绪，这种情绪是漫然的。比如《像晚祷，像一朵莲盛开》，里面的密码，就是这晚祷和莲，这是爱的呓语。我喜欢露易丝·格吕克的《晚祷》，也喜欢睡莲，所以，我把它们带入我的诗歌，让它们完成我诗歌背后的隐语。关于这样的情感密码，太多了，它什么时候出现，我并未知道，写着写着，它就出现了。我喜欢这种相遇方式，有意外和惊喜。我希望它们是鲜活的，带着气息的，温度的，并且是陌生的。

钟世华：看来您每次去参加鲁院的学习都有收获，上次去参加鲁迅文学院西南青年作家班学习收获了小说《梨香》。

林虹：上次去鲁西南作家班，还写了个短篇小说《梦婴宁》，发表在《民族文学》。

钟世华：我觉得除了作品上的收获外，还有其他的收获。比如聆听名家的讲座所学到的知识。这对您来说也是一个很大的收获吧。

林虹：你说的是在鲁院吧，是的，四个月的学习，收获很多，聆听了王蒙、李敬泽、施战军、阿来、梁晓声、西川等大师的授课，这是我一生中要铭记的美好时光。我参加的是散文组，小说组，唯独没有参加诗歌组，感觉离诗歌很久了，已经没有那种诗心和诗情了，那种诗人的情怀，正慢慢远离我。我已有两三年没写诗了，最近的一次选载是2010年的。学习期间，我受邀去参加了著名诗人娜仁琪琪格主编的《诗歌风赏》举办的少数民族女诗人朗诵会，因我有七首诗发在《诗歌风赏》，认识了安琪、哈森等诗人，参加诗歌朗诵会回来后，又有了想写诗的情绪。后来，商震老师来和诗歌组的座谈，我去旁听，这是我感受很深的一堂课。商震老师把诗歌组的同学当成兄弟姐妹一样，掏心掏肺地讲解诗歌创作和诗歌的美学，很温暖，感动。在学习期间，我还利用假期，一个人去了俄罗斯的布拉戈维申斯克和蒙古国的扎门乌德，这种旅途的修行和写作的修行，是互为的。在路上，永远有未知的惊喜和收获。

钟世华：一个人到国外旅行，异国他乡给您带来了哪些收获？

林虹：一个人去旅行，像风一样，很自在，也很享受。我喜欢在路上的感觉，也许是为了看清和找到自己，也许，就喜欢那种未知的欢喜和陌生。很多收获在心里，是自己慢慢去体味的。比如，在俄罗斯的布拉戈维申斯克的街头，卖花的大娘，装扮优雅，坐在街旁，她不吆喝，安静地坐着，淡淡地看着过往的行人，她卖的不是花，是安宁。在杰维斯的花园里，他的牙医妻子榨果汁，做小麦饼，在花园里侍花弄草，满足于内心的需求，享受自己安宁的生活。街头散步的，也大多是从容优雅的男人和女人，在布拉戈维申斯克，给我的就是这种安宁和闲适，满足和淡然。而在蒙古国的扎门乌德，给我的又是另一种感受，这里是一些女人干活，开着俄罗斯的吉普车，去运货，开餐厅，很能干。而男人则爱喝酒，散漫。由于缺水和干旱，这座城市灰扑扑的，感觉无序和奔波，有想逃离的感觉。

钟世华：商震老师这堂课您收获最大的是什么？

林虹：重新找到了写诗的方向。商震老师提到的写诗的情感密码和爱，其实也是我的诗歌写作方式之一，所以我很惊讶。但我身在其中，其实是懵懂的，商老师打开了它，让我在茫然中变得清楚。他提到的写诗，是找到自己，找到完整的自己。他提到的诗人要有自己的诗根，自己诗歌的审美，这些对我的诗歌写作都是收获。但我对诗歌，还是一种淡和慢的写作态度。它是这个喧哗时代，我对自己的安静发声。

钟世华：在这个加速度的时代，“慢”或许能给您提供了更多关于诗歌，关于生活的思考。

林虹：是的，慢下来，能更清楚地听到内心的声音。生活里，我是个慢悠悠的人，因此，在鲁西南作家班学习时，被同学叫我林慢慢。这种慢也在我的诗歌里呈现，比如《我想记住你的样子》：时间那么短 / 我想把它们剪下 / 这是我的 / 永远的 / 这剪下的时光 / 你想什么时候醒来 / 就什么时候醒来 / 我慢慢地等。比如《今夜的火车开往湛江》：风渐渐慢了下来 / 手中的咖啡慢了下来 / 沿途的黑暗也慢了下来。比如《暮春》：看见平常的事物 / 看见慢下来的水滴。

钟世华：你觉得和一首诗的相遇讲究的是一种缘分吗？

林虹：我觉得不能用缘分这个词来形容和诗歌的相遇，它的出现，我从来没有预兆，一如商老师说，诗歌不是写出来的。有时是一种情绪，一个词，一句话，一个动作，一个画面，一种景物……万物中的任何一种，那稍闪而过的一点点触动自己触动内心的，我不知道它们什么时候出现，它们出现的时候，我能感知，便是一首诗的形成，一如我在诗歌创作谈说到和一首诗的相遇是这样的："如果不曾相遇，那就不会再相遇了。这是诗歌出现的一种方式，也是人生的一种。"

钟世华："我一直习惯于沉默，习惯于在静处。我所推崇的隐和无痕的生活，由此延伸到了我的小说《清澈》。其实我的内心很丰盈，像饱满的河水，不停地流淌。我把它们转换为文字，也许，这就是我想写小说的初衷。"那您写诗歌的初衷是什么？

林虹：写作的初衷，感觉诗歌很美，能滋润心灵，能让人变得诗意和美好起来。我最初喜欢诗歌，是受戴望舒的《雨巷》，郑愁予的《错误》，冯致的《南方的夜》等诗歌影响，觉得那样的诗歌是带着旋律和节奏的。我常在下雨的时候，一袭白衣裤，撑一把伞走在小城的小巷里，去往图书馆借书。觉得那样的情景，因为雨巷，而自己的生活也诗意起来，就开始写。那时，仅仅是想追寻一种诗意的生活。一段时间后，觉得诗歌不仅是停留在这个浪漫的层面的，还应该更深一层，是要通过诗歌找到自己。其实和我想要进行小说写作初衷是一致的。

钟世华：除了温暖和爱，您的诗还带有淡淡的忧伤。

林虹：是的，淡淡的忧伤，也是我诗歌的一个调子，这是我情绪的一种，是与生俱来的。

钟世华：为什么说是“与生俱来的”的？

林虹：我也说不清它的来由，是生性里隐藏的，它总会在某个时刻适时出现，应和我的心情，是自然而然的，写着写着，就在字里出现了。比如在鲁院新写的《一辆车经过了它的爱情》：一朵黄玫瑰开呀开／它不知道一辆车经过了／它的爱情。《你眼里的整个夏天》：我从你的眼里／看见了整个夏天／那些热腾腾的气息／正一点点淡去。这样的情绪已经淡了很多了，它们隐藏在文字后。如果说小说是我和生活的秘密通道，那么，诗歌，是对一些生活密码的探询和解读。至于那种淡淡的忧伤，我不知是不是所谓的诗根。从未深究，我是个不喜深究的人。

钟世华：您的诗歌钟情于地上长的“植物”和天上飞的“飞鸟”等，您的诗里有许许多多关于自然的意象，您和自然这种亲密关系是不是和您的童年生活有关？

林虹：应该是的，我出生在昭平仙回瑶族乡，出生的时候是秋天，稻谷金黄，稻浪飘香，我就来到这个世界了，多好呀！家在山脚下，门前是一条古书河。屋后种着枇杷树，甘蔗，柚子树，柿子树，黄秋葵，向日葵，玉米，我常光着脚穿行其中，爬树摘果，掏鸟窝。屋前是稻田和菜地，抓蚂蚱，追麻雀，捞虾，摸鱼，常常玩到暮色降临，炊烟四起，母亲在家门口唤我的小名，才快快回家。至今，我还喜欢这样的乡村生活，对植物的喜爱，也延伸到现在。因此，在我的诗歌里，向日葵，西洋菜，南瓜花，木瓜，松树，酢浆草，鹧鸪，山雀，白鸟……散落其中，这也许是我对童年的回望，也是对田园生活的向往吧。

钟世华：不过在这个物欲横流的时代，对田园生活的向往也只能是一种梦想罢了。

林虹：有梦想多好啊，你听过齐秦和齐豫唱的《梦田》吗？那是我们的班歌之一，“每个人心里一亩一亩田，每一个人心里一个一个梦，一颗芽一颗种子，是我心里的一亩田。”即使不能真正置身于田园生活，那么在自己的心里也要有那样的一亩田，种桃种李种春风呀。

钟世华：您曾经说过的两句话一是“拥有写作原乡的人是幸福的”，二是“个性化写作”。何谓“写作原乡”？作为一个瑶族诗人，您写诗的源头在哪里？为什么您给自己的写作定义为“个性化写作”。

林虹：拥有原乡写作的人是幸福的，我想每个人的故乡是自己书写的源泉，穷之不尽。我出生在昭平仙回瑶族乡，四周是山，我家就在山脚下。我在那生活了七年，但记忆却很深，我有很多散文，都提及这片土地。朴实和安静，内敛和平和，和那里的民风有关吧，也渗透在我的文字里。至于个性化写作，我不记得自己有没有说过，但写出不同的作品，才能标志你的风格吧。

钟世华：您是如何走上诗歌之路的？

林虹：走上诗歌之路，哦，应该是受我嫂子的影响吧，我嫂子曾艳瑛也是个作家，在全国刊物发表有小说、散文，但后来身体不好，停笔了。我记得那时，我们俩经常在黄昏去散步。嫂子和我聊一些文学上的事，我也懵懵懂懂的。那时我还读初中，她主编小城的内部刊物《榕园》。哥哥生日那天，她说，你写首诗送给你哥吧。于是我回去就写了，嫂子看了觉得挺好的，把诗歌发在《榕园》上。后来，我就开始零零散散地写，也不投稿。后来，工作了，小城的一些诗歌爱好者成立了诗歌沙龙，我也参加。后来，主持沙龙的主将下海经商了，我也不写了。十多年以后，又才开始写，写得很慢，很少，这些诗大都发在《诗刊》，也被选载。虽然慢和少，但诗歌一直潜行在我的生活中，淡淡地爱和欢喜着。

钟世华：这首诗的内容还记得吗？您平常主要和哪些诗人交流？

林虹：呵，不记得了，好像就是祝福哥哥的。我和外界交往的不多，在去鲁院之前，和黄芳、刘春、许雪萍、盘春华等交往多些，其实也少谈诗，因为我觉得自己是个边缘人，我更喜欢那种诗歌外的友情，淡淡的，却是温暖的。去鲁院之后，班里有十二个写诗的同学，成立了鲁院的第一个树人诗社，我也没参加。我喜欢在诗歌之外。

钟世华：为什么要在诗歌之外？

林虹：这是我和诗歌的距离，不喜欢在其中，更愿以一个非诗人的身份去写诗。不知为什么哦，喜欢诗歌的一种方式，就是保持距离。

钟世华：其实您的身份一直就是一个诗人。

林虹：在我的意识里，我也没有觉得自己是诗人，很奇怪，所以，我喜欢在诗歌之外，这让我对诗歌包含敬意和爱，淡淡的欢喜和爱着。

钟世华：有没有系统地读过某一个诗人的诗？

林虹：我比较喜欢聂鲁达的诗歌，《我记得你去年秋天》，《我喜欢你是寂静的》，《我们甚至遗失了暮色》……他的诗歌，开阔的语境弥漫着声音、气息、味道、色彩，情感浓烈又克制，想象丰富又隐秘。我喜欢他诗歌里弥漫的调子，那些密语里暗藏的情绪，它在某个时候能和自己的心灵接应，这是很神奇的。比如我在小说《梦婴宁》里，就用了《我们甚至遗失了暮色》这首诗歌贯穿之中的情节。一个深谙夏云心思的男人，那句：我们甚至遗失了暮色，没有人看见我们今晚手牵着手，是打开她心灵的钥匙。诗歌的进入，让小说的情节增加了别样的意味。而在散文《我蓝色的夜落到世上》，也是用了《我们甚至遗失了暮色》里的一句、“而蓝色的夜落到世上”来做标题。

钟世华：您是一个多面手，既写诗歌，也写散文、小说，甚至剧本等，而且都小有成就。能谈谈他们的关联之处吗？

林虹：诗歌、散文、小说、戏剧的关联？应该是语言吧，诗歌的语言带进散文和小说的创作，形成我的短句风格，以及想要的那种简洁，凝练，诗性的语言。在这些创作中，唯有戏剧是我的本职工作。其实小说和戏剧的关联最大，戏剧创作的底子来源于小说创作，它们之间是互通的。而戏剧的要求更高，在特定的空间和时间下，完成一个剧的故事叙述，情节构建，矛盾冲突，人物刻画等。而小说，可以天马行空，快意恩仇，汪洋恣肆。

钟世华：有没有想过以诗的形式来写剧本？

林虹：以诗歌的方式来写剧本？这个，还没有这方面的打算。所谓剧，必须得有故事、情节、矛盾、冲突等，但也有创新的，比如河池有一个音舞诗剧《铜鼓》，场景很唯美，但情节很淡。贺州之前也排有一个大型客家舞蹈诗《围龙歌》，兼具艺术性和观赏性，但不是剧。因此，以诗歌的方式来写剧本，也许以后会做这方面的尝试。

钟世华：您在写诗过程中碰到最大的问题是什么？

林虹：因为一直在诗歌之外，是个边缘人，所以对诗歌，抱着一种淡然的态度。没有很认真地去思考诗歌的写作，这反倒让自己不陷入写作的焦虑之中，保持着一种童心，对世界万物，爱和欢喜。基于此，写诗中碰到的最大问题，还真没有去梳理。嗯，如果有，应该是怎么写出好的有自己风格的诗歌，但又苦于修行不够。

钟世华：一个民族有一个民族独特的风俗习惯、民族服饰、民族传统节日，有强烈的民族认同感。在您的故乡，至今还保存着这些古老的习俗吗？

林虹：我有两个故乡，一个是我的老家——昭平县北陀雨天，很诗意的村名，那是客家人的居住地，我父亲是客家人。但我在母亲的老家——昭平县仙回瑶族乡出生，长大，所以，当我谈及故乡，我会谈及两个。仙回瑶族乡至今还保存着瑶族习俗的，只有藏在深山老林的茅坪村了。我曾写过一篇散文《风从茅坪吹过》，说的就是这瑶山的一些习俗。比如服饰方面，通常是上了年纪的妇女还戴着用瑶琇盘的帽子，有些从结婚就一直戴着。而女孩子只有结婚那天才穿上瑶族的盛装，平日里和汉族的姑娘穿着没什么两样。

钟世华：但在您的诗里，我嗅不到鲜明、浓郁的民族特色。

林虹：是的，许是近乡情怯，至今我没有写过一首关于瑶族的诗歌，感觉因为诗歌的到来，是自然而然，是心里生发的，因而，我常常听凭这种感觉。另一方面，自己写作比较狭隘，偏好情感方面的，所以我的诗歌大多就是情感的写作。

钟世华：爱情还是亲情？看来诗人的多愁善感还是在您身上有所体现的。

林虹：爱情亲情友情，都有，但最多的还是爱情。多愁善感？与生俱来的吧，前面谈及过。也许受我母亲影响。因我母亲就是一个多愁善感的人，我母亲喜静不喜动，为人低调内敛，不卑不亢，内心很高贵。她原来是幼儿园的老师，喜欢唱歌、弹琴，叙事能力和记忆力极好，后来下放到乡下，从事了很长的农耕生活，“文革”后才回到小城工作。我母亲一方面多愁善感，一方面又很坚强。我觉得自己很多地方像她。

钟世华：您原来选择教师这个职业是不是也是受到您母亲的影响？

林虹：呵呵，我家是教师之家，父亲原是小学的校长，后调到教育局工作，母亲下放前在幼儿园，回来后在小学工作，姐姐原来也是老师，后来才改行当了法官。所以，这种职业的选择应该是潜移默化的。很小的时候，父亲就背着我去给学生上课了。

钟世华：写作有没有给您的人生产生过哪些改变？

林虹：有的，写作似乎成为了一种信仰，让自己变得很虔诚，内心有一种追求，有一个方向，觉得很充实很宁静。这是精神层面的。而生活当中，我原来是老师，后来因为在《作家》《诗刊》《民族文学》等发表了一些小说、散文、诗歌，然后调入市文学艺术创作研究所，从事舞台剧本的创作。虽然和纯粹的写作相差甚远，但也还是创作，跟小说的创作也是一脉相通的。有时我想，如果不写作，也许，我现在还在教书吧。

钟世华：您不喜欢教师这个职业？

林虹：喜欢呀，但如果有一个更好的平台让自己创作，那我还是有所选择的。

钟世华：您一直生活在贺州，地域对您的写作有什么局限？

林虹：没有的，一点也没有，心有多宽，世界就有多宽。

钟世华：关于诗歌，您最近有没有写作计划？

林虹：没有哦，我是有写的情绪才写，诗歌的出现很微妙的，无从预知和计划。

如果不曾相遇

我的身体隐藏着一双翅膀，只是没有飞翔的力量。

像现在，我坐在办公室里，被日光灯照耀着，被电脑辐射着，被无数未知的工作等着，我能看到日后这些被复制的日子，它们从我的指间怎样忧伤流过。

桌面的绿箩、滴水观音、袖珍椰子、仙人掌，刚从大院的小树林里摘回来的酢浆草，唯有看到它们，我才感觉快乐。我想，我的前世应该是某一种植物，是一棵树，一株草，一朵花……

很多时候，松林就这样成了我心灵的后花园。松木的清香，坚硬的松果，风中落下的松针，流泪的松脂，在树梢栖息的鹧鸪，山雀，长尾巴的蜥蜴，静默的溪水，山上的秋茶，山楸，板栗树，野山楂，松尾草……我在其中，某些情节也在其中。想起这些我就觉得隐藏的翅膀慢慢张开了，阳光下，那么轻盈，我看到另一个自己。

于是，我的另一个自己写下《松林》《向日葵》《台词》《积雪》《屋顶的月光》等这些诗。写《积雪》时，正是雪下得最大那段时间。雪在南方是稀奇的，我大概有十六年没有见到雪了，还在枝头的浆果，松草结满了冰挂，那个心灵的秘密使者就这样降临了，这生活里多出来的温暖，让我体会了诗歌的温度。对此，我无法说出更多，但我知道，一定有些什么早就等在那里，让我去寻找。我也知道，不过是我和它们在对的时间遇上罢了。这多么神奇，就像和一个人，一场相遇。

事实上，当初写《松林》时，只是被一种莫名的情绪缠绕着，就是那种“很长时间了”的情绪，于是松林出现了，它承载了这种情绪的流淌。那些渐渐淡去的秋色，那些沉默的幸福，那些转身的孤独，那些无法呼吸的隐秘，它们像松林一样长在我心里，而松针的敲打，让记忆再次呈现，可是溪水却静默着。这戛然而止的静默，陡然增加了那隐退的忧伤。记得《松林》发表时，有一位读者，打来电话，他说，我在读你的诗《松林》，我可以读给你听吗？然后，他就读了，声音宽厚温和，穿透着初夏的阳光，仿佛，他就在松林里吟诵，身边松风幽微。我握着电话静静地听，我的诗歌和他的声音契合得很好，我被他也被自己的诗感动着。那一刻，我知道了，诗歌是写给心灵相通的人看的。那一刻，我也知道了，原来诗歌必须被聆听才丰盈，被一个懂得的声音诵读才拥有完整的生命。这让我惊喜，诗歌以这样的一种方式呈现，让人觉得美好。我不知道他是谁，他也不说他是谁，他到底是懂的，人生的际遇就是这样。这是一个得道之人，我希望他能看到这本诗集，我们以此相逢。

也有低落的时候，就写日记，在日记里出现的某句话，就成了诗歌的灵感，比如《我要看到那些光亮起来》。于是，松林再次成为温暖的场景，这唯一让我平静的。我觉得自己就是那枚松果，在某种敲打中，微笑着，不躲闪，不说疼，一声不吭地坚持着。事实上，我并不坚强，是诗歌让我在那个时刻变得坚强。我在其中感觉到了一种安静的美好，它是我自己的。在此之中，一些东西隐藏着，沉默着，岁月一晃一晃地过去了。低落中，我要看到那些光亮起来，这些光，是暖，是希望，是心灵的某种暗语，是不能说出的。

而松木的清香，松木的味道，多次出现在诗歌里，比如《台词》：山风，芦苇，松树的清香 / 故事的铺叙充满了戏剧的隐喻……“我的手感受到了幸福” / 最后一句台词戛然而止。悟与不悟却已是千山万水。一位广西师大的研究生，他要写我的诗歌论文，并问了写这首诗歌的初衷。我说，诗歌的呈现，并不需要原因。它只是一个情节的再现。事实上，那首诗写的是我老家的松林峡。水雾、松林、山风、芦苇、夜色中迷离的路灯，我和朋友去看桂江，朋友的手伸出车外，我问朋友感触到了什么？想，一定是水雾，或者风，但不是，朋友答，是幸福。就是“幸福”这个词，成了这首诗的起因。《屋顶的月光》，写的是梅花冲，我在那住了一晚，那是一个偏僻的山村，住着世界上仅有的土瑶同胞。那个夜晚，我喝了很多杨梅酒，之后躺在竹椅上看月亮慢慢越过屋后的松林，然后是乌桕树，然后是屋顶，那一刻，我突然有一种很奇妙的感觉，我闻到风中松木的清香，我知道，这屋顶的月光已经照进我的心里了。于是，一个想象的情节在月光下展开。简洁、入微的情感，我相信这是沉潜的情感所致。尽管，它是如此的茫然和不知所措。

而向日葵，是我诗歌里喜爱的意象。我喜欢这种植物，它执着地向着太阳，跟随着太阳，直至颜色成为阳光的颜色，葵盘长成太阳一样。那金黄，那饱满，那曾经来过的，和我那时的情感多么相像，于是写下《向日葵》。这种植物早年是我家院子里的常客，我常常在向日葵下，仰望它，而它并未因我的仰望而改变它的方向，那么昂然生机，不卑不亢，让我想到卑微的自己，为什么要卑微？一株植物都能坚持自己的位置，而我，也要坚持自己该坚持的。

我知道这些诗歌，微小，简单，和植物一样，但它们生长着，蓬勃生机，有自己的生命和喜悦。它们是它们自己。

就如同我，在诗歌里安放另一个自己，那小小的欢喜，是妥帖的。正如王小波所说的：“一个人只拥有此生此世是不够的，他还应该拥有诗意的世界。”

而我有幸和诗歌相遇。更有幸，部分诗歌入选由王蒙主编的《2006中国最佳诗歌》《2007 中国最佳诗歌》《2010 中国最佳诗歌》，以及

《2010年中国年度诗歌》《70后诗歌档案》等书。

如果不曾相遇，那就不会再相遇了。这是诗歌出现的一种方式，也是人生的一种。

我和你，也一样。

春天了，真好！

2011年3月22日　贺州

我愿她，归来仍少年

时隔六年，我写后记二，因为，诗集一直没出。六年，我仍是那样，慢慢的，写得不多。对于诗歌，我喜欢和它这种相处方式，淡淡的，它潜行在我的生活中，如此，就好。

贺州市文联要出一套丛书，我的诗集有幸入选，于是，我重新整理，把诗歌分成六辑。第一辑：十万朵桂花。诗歌大多发表在《诗刊》《民族文学》《广西文学》等刊物，或入选各种选本。第二辑：南方以南。是关于地域的写作。第三辑：说说一朵槐花的理想。是写了放着，没有发表的诗歌。第四辑：春天真好。是20世纪90年代初，我刚开始写的诗歌。第五辑：秋伤。是2003年，非典时期，宅在家里上网，重新开始诗歌写作。第六辑：我们各自面对所爱的事物。是新写的诗歌。

这些诗歌，从年少的青涩、纯真，到中年的淡然、从容，这时光的痕迹，清晰可辨。而写的那个人，我希望她依旧，历经千帆，归来仍少年。

感谢贺州市文联，让我以诗歌的方式，对文学致敬。感谢汤松波主席，为这套丛书所做的努力。感谢何向阳老师真诚的推荐语。感谢娜仁琪琪格老师为诗集作序。感谢我的家人，爱和温暖，是我的写作底色。

夏天了，我面对湛蓝的湖水，写下后记二，尽管此地是我的人生痕迹之一，但是，每一处相逢之地，都为我所爱。万物，也如此。

2017年5月19日

华南理工大学西湖苑，培训期间